U0618498

情诗与备忘录

任 白 ◎ 著

长春出版社
全国百佳图书出版单位

图书在版编目（CIP）数据

情诗与备忘录 / 任白著. -- 长春 : 长春出版社,
2025. 1. -- ISBN 978-7-5445-7635-2

Ⅰ. I227

中国国家版本馆CIP数据核字第2024V1K343号

情诗与备忘录

著　　者　任　白
责任编辑　张　岚
封面设计　宁荣刚

出版发行　长春出版社
总 编 室　0431-88563443
市场营销　0431-88561180
网络营销　0431-88587345
地　　址　吉林省长春市南关区长春大街309号
邮　　编　130041
网　　址　www.cccbs.net

制　　版　长春出版社美术设计制作中心
印　　刷　长春天行健印刷有限公司

开　　本　880mm×1230mm　1/32
字　　数　140千字
印　　张　8.5
版　　次　2025年1月第1版
印　　次　2025年1月第1次印刷
定　　价　49.80元

版权所有　盗版必究
如有图书质量问题，请联系印厂调换　联系电话：0431-84485611

目　录

情诗与备忘录

——致走失的缪斯

"那么漫长的一段岁月已经过去了，
我的精神无从去亲近她的芳泽。"

——但丁《神曲第三十七歌》

情　诗

当穷苦的爱情突然凝成一枚珍珠

一首情诗

——当穷苦的爱情突然凝成一枚珍珠

又是四月，被那些日历咬伤的四月

一个错失的吻遗落在旧沙发上

但它旋即复活，只经历了一个眼神的轮回

像四月里连翘莽撞的芽尖

一下子把我们吓个半死

后来我想起来了

你进门的时候外面阳光炽烈

丝丝缕缕像你闪亮的羽翼

喧嚣的羽翼

刀子和碎玻璃的羽翼

你就是这么走进来的

不意间溅起一串慌乱的响动

好像房间里一直空无一人

毫无疑问，你的美丽带着一种闯入者的寒意

质问无所适从的岁月

质问翳障蒙蒙的清晨

质问所有沦陷的感官和腺体

质问脂肪安睡的湿地

一副被离弃的愁肠蹒跚起身

在灰尘粉刷过的窗口看见一个晴天汹涌而来

好吧，你轻蹙的眉间是一座小小的奥林匹斯

那些白色的袍子

那些橄榄色的身体

就那么晃动着

在山下的水塘边唱歌

美丽的缪斯

山鬼和贝阿特丽丝

隔着敌意重重的编年史，谁来命名

你的眼神总是淡紫色的

像带着呼哨的黑洞

真要命，你在这里多久了

这个鬼影幢幢的渡口

你的小船太小了

它是来专门引渡我的吗

是要溺死我好让我从另外一个山顶醒来

还是要接我到船上安家

你把唯一的船桨扔掉了

只用一双手

你的小小的纤细的手

弹击水面

像弹奏一串垂死的琴键

是的，我被你劫走了

但是后来在路上我开始掠夺你

徒劳地掠夺你的美丽

这真愚蠢

你的美丽无穷无尽

我在掠夺中把自己累死了

后来我才明白

当你纵容我的时候

你的美丽总是越来越多

越来越像我的产床和墓园

就这样好多年过去了

有时候我们躲在一间小房子里听雨

感觉世界上所有海水都被汲到天上

就像我被你汲到了天上

所以下雨的时候我总是心碎

感觉坠落是不可抗拒的

感觉这么磅礴的死亡是甜美的

可是后来我们变得越来越郑重了

仿佛穷苦的爱情突然凝成一枚珍珠

开始梦见王冠上的国土

（特别是在我把你的泪水当成酒水之后）

郑重而且疑虑

开始挑剔歌谣中那些混沌无边的词句

那时候我们喜欢黄昏

喜欢寂静的街市

一个小小的门廊就能让我们落泪

是的，一个小小的门廊

一张铺着干净桌布的餐桌

两只安静的酒杯

可是黄昏总是抽身而走

留下我们

和路灯下的小块飞地

这真可怕

我们在一个陌生的地方

在一个不期而至的危险城邦

在每个夜晚的长途旅行中

我们被攫住了

想对时钟喊停

不，我不是浮士德

我只记得那是一个夏天

是草木最葱茏亢奋的时节

那些肥大的叶子后面

胆小的昆虫被磷肥呛得半死

好在雨季又快到了

淅淅沥沥的雨声就快在葵花的手掌上跳舞了

而我们的手掌上泛着潮红

泛着一生中无法遮掩的病症

那些哭声在雨声中走失了

像几段执拗的副歌

搅得整个雨季心烦意乱

好多白天和夜晚

我盯着你的脸

像从未见过一样
你永远是陌生的
永远超越我对岁月和生命的了解
你是从哪里来的
大爆炸，夜空里到处是燃烧的眼睛
它们被雷电擦得雪亮
被衰变撞得乒乓作响

不，我对此没有异议
只是你的背后有一道闸门
遥远的圣者入土为安
很多次时针没到午夜就停了
春天还没有脱水就昏倒了
我就坐在你对面
好像几辈子都过完了
只剩下一具木乃伊
像个重罪的嫌犯坐在时间尽头
其实我一直想让你做向导
带我去奥斯特里茨
在安德烈躺倒的地方睡着
在你的注视下独自完成死亡

在血快流干的时候

看见历史的天空

乱云飞渡

斗转星移

你知道奥斯特里茨吗

是的，我想要一次那样的死亡

把血交给老橡树

交给不知多久后元气复萌的春天

但是你突然忸怩起来

把一盏绿茶推到我面前

嗫嚅地说

每个春天都会再来

是的，每个春天都会再来

每个秋天也是

这算是好消息吗

那些荒野里探出头来的艾草

还是去年的那一株吗

我们每次从睡眠中醒来

都从死神的下腹部逃生了吗

我们的爱欲是不是也是这样

也有沉睡和死去的时候

它还打算醒来吗

【情诗词典】

贝阿特丽丝：《神曲》中但丁精神上的恋人和引领者，她委托维吉尔从地狱中把但丁拯救出来，并亲自引导但丁游历天国。她不仅是美丽的缪斯，而且是严厉的导师，西方意义上的诗歌之灵。可以假设一下：如果屈原、曹植、陶渊明、李白和陆游遇到贝阿特丽丝会发生什么？再假设一下，如果但丁遇到洛神和湘夫人会发生什么？这是个有意思的问题吗？

备忘录

关于游荡和难以名状的一天
关于失踪的爱人和迷途的诗行
关于溃散、滥情和诗人之死

一

早餐的故事
——寻找蛋白质的起点

对，这个早晨为你熟知
床的另一边是空的
如同死亡的另一边
而悍然的阳光席卷了我
白磷般的芒刺发出轰鸣
灰蒙蒙的翳障低声诅咒
是的，我没有睡醒
还没有准备好
成为这个世界再次加速的齿轮间
一份尖叫的早餐
我怀疑自己
身体的什么地方开始朽坏
在金砖垒筑的街市间

像一团封装粗陋的蛋白质
没有祝福和咒语
没有广告史诗般的加持
是啊是啊
就这样出门
在嘈杂的时差中
成为最狼藉的昨天
我去淋浴
给自己下了一场暴雨
直到皮肤变得通红
每次腐朽啃噬我的时候
我都是这样给自己施洗的
像个清洗尸斑的人
直到无疾而终的时间
终于掀开死亡的盖头
露出神殿里石头的笑脸
是的，我开始害怕
在这样一个混沌未开的早晨
见到你
不得不开始早场的爱情

开始一场虚弱的燃烧

羞辱和涂改

早年的爱火

是啊是啊

我该好好睡一觉

像树木在地下变身煤炭之前

像蛋白质在玫瑰越冬的根系之间那样

（死亡除了遗忘还能干些什么）

沉睡，才能从阴沉的陋巷里

从灵魂的苔藓里爬出来

那样我们就可以投入新的灾难了

用人世的腥味和甜味

重新做一份早餐

【情诗词典】

　　死亡：积极的死亡、陈腐的死亡、寿终正寝、英年早逝、天折、圆寂、驾崩……它到底是一次终结，还是仅仅是一个休止符？量子力学所说远远超出已知世界规模的暗物质暗能量，是死去的灵魂和过去的世界？死亡有时是善意的，有时是恶意的。它终结一些东西，帮助人们绕开那些不堪的、"义无再辱"的恶意凌虐，也使很多快乐戛然而止。但死亡有记忆吗？它能记住危险和错误吗？如果不能，我们如何与死亡携手同行？还有，死亡会死亡吗？我们还能指望它涂改错误吗？

二

游荡是一种苍老的寻找
——所有的道路、所有的脚步

上午总是充满疑虑

剧情踟蹰不前

演员们站在台口等待钟声

我盯着镜子，像盯着暗淡的神龛

恐慌地自问

该把下巴刮得像悔过的子宫

还是就这样蓁蓁莽莽

如同热带的野史

我该如何混迹街市

躲在恨意难消的烟雾里纵声叫骂

还是默然坐在地铁的角落里

用温凉的眼神擦洗车厢

擦洗铿锵的移动所带来的哄骗

我该给你打电话吗

告诉你其实我无处可去

已经从一号线坐到了四号线

我想走得远一点

在远郊一个破败的小镇上

喝最粗劣的茶叶

回忆大都会草创时期空旷酸楚的胸膛

直到有人警觉地来盘问我的来历

是的，我不知道你在哪里

自从一个微雨的下午出门

你就杳无音信

而我一直在时光的夹层里

翻找你留下的信件

有种东西从它最疲劳的地方断裂了

悄无声息

这一切如此悄无声息

多么奇怪

爱情可以猝死

但我一直想把你的神谕刻在虹膜上

一幅歌谣似的经卷

你的样子依旧清晰

甚至更清晰了

时间让爱欲的雾霭沉降下去

你唱歌的样子

从山坡上走下来的样子

仍然在午夜的最深处不安地走动

是的，那是最美的你

适合被怀想一生的你

而此时的你在哪一片天空下

正在走近或远离什么人

还是回到夜空或岛屿上

用失血的星宿照耀我

三

一段音乐飘了过来

——美还是一条道路吗？
谁在路的尽头回头望你？

1812年，炮声被时间劫走了
洋葱头圆顶上的余晖很远
如歌的行板挽着柴可夫斯基
沿着一条土路回到俄罗斯祖国
号啕的伏特加和低泣的母亲
那些旋律冲刷出的河床里
梅克夫人的黑衣一闪而过
她的签字笔看上去像一支孤单的长篙
但是邓肯的赤足
妖媚而又大胆的灵猫
在叶赛宁的手稿上恣意舞蹈
留下爱情的血泪
还有兹维塔耶娃

用信件喂养里尔克和帕斯捷尔纳克
喂养最丰饶的绝望与哀愁
……

我说这些时你突然变得焦躁不安
我记起来了，你的睫毛匍匐下来
一道冰冷的栅栏
窗子上满是霜花
不，别这样走开
莫须有的轶事和历史总是纠缠不清
而我知道这个春天完全不同
很多物种都走远了
幸存者像个孤儿
羞惭地站在原地
不，亲爱的
我没想让你接替维吉尔
在星光熠熠的地方
用斥责和训诫
引领一条清晰可辨的上升之路
但只要你叫出它们的名字
在这片崭新的国土上

指认残存的故园

就是神迹

是的，不需要太多史诗的残简

来为我们筑路

其实贝阿特丽丝

也只是在威尼斯的小桥上

用她的美丽撞击但丁

是的，所有神启都源自自我认领

如同屈原，认领星空和江水

并在族谱间挂满高贵的疑问

所结下的星星的果子

才能一次次带我们出门

好像春天是新的

而你只需要静静地看着我

像上辈子的情人那样看着我

我就会起身

开始走动和言语

【情诗词典】

引领：上帝死了，引领者啊，如果你不在我的前方，你可曾在我身旁？

四

我们写下的哪些词句
能为惨败的爱情提供证言？

其实你已经做到了

那个冬天，打开《北回归线》

精液和硫黄的圆舞整夜旋转

狐媚的阿娜伊斯啊

一个同谋，你说

是的，看见亨利在瓷器店里横冲直撞

娇喘和欢呼就像气球一样蹿上天空

在文明和爱欲的交界

为重燃战火兴奋不已

我也给你写序吧

你笑的时候并不狐媚

狗血从书页里冲出来时顶着一只独角

而你的语气更像痛楚的丝绒

外面正在下雪

你的眼睛里有一个雪亮的明天

其实你就是一篇序言

就是冻土怀里的一枚草籽

一个单细胞的愿景

最初的爱和恐惧

所有故事的根芽

你纠正了那些居高临下的妄言

用咬嚼坚果的牙齿

用露营时海豚般泛光的小腿

用红唇和乳房间的白蜡烛

微小的焰心

把晨雾气化成一串霓虹

可是，没有最初的盟誓

我们连真正的背叛都做不到

连真正的毁灭都不配经历

伴攻的爱情出门时惊散了很多人

候机厅里的所有鲜花

都被空洞的婚姻逼走了

但是一场洪水即将到来

森森水气和天边的鼓声

正在合围幻象据守的街垒

走投无路

我们的窘迫即将被谎言命名

谁来抗辩

我们写下的哪些词句

能为惨败的爱情提供证言

【情诗词典】

证言：唯有惨败，唯有对惨败的疼爱才能为爱情提供证言。

五

午餐时光
邀请谁来你的胃里重新做人？

一只拼命爬向食物的
长满牙齿和触手的口袋
用空旷的声音
唤醒我
想起那年我们在小屋里吃火锅
电磁炉上的那锅汤底
红得就像鲜血
整个冬天一直没有停止沸腾
整个冬天，热气把房间搞得像火山口
是的，我们每天煮很多东西
食物们都冻僵了
都是火锅里的伤病员
一个温泉里的军团

正在休整
是的，羊肉、毛肚和海带扣
打算在你的胃里重新做人
好吧，我们必须允许
时光和季节突然在雪地上摔倒
必须允许
那些祭司为自己的食物祈祷
必须允许
食物的荣耀统一意识形态
是啊，好样的卡路里沐猴而冠
成为季节的哨兵
后来我们做爱
以蛋白质的名义
在云雾蒸腾的房间里
探索热力之源
我们挥霍食物
想把所有曾被冻僵的东西雾化
然后喷溅出去
那些霜花里的热带植物
肥大的叶子从此卷曲
低下油光可鉴的头颅

但现在我真的饿了

基因里的牙齿开始咆哮

我去吃

进食是日课

贪婪而又神圣

而你又在哪里

你那里有火锅吗

【情诗词典】

　　食物：血污的隐忍的暴力图腾，爱情的盟友和叛徒。

六

在公园遭遇一座遗迹

一对怨偶总能重逢

公园和摇滚乐

提起崔健时一起哭了

还有科特·柯本

在借来的枪口上撞碎了脑袋

你只能把他安置在平行时空

远到吉他的碎屑无法飞溅过来

还是来点雷鬼吧

一群少年在吸烟

一款电游

二次元战争

用我们听不懂的方式交易军火

嗯，他们的战争

没有伤亡的战争

你短促地笑了一声

像是犯了个错误

衬衫很久没洗过了

像那些唐突的叫喊

很久没有被热情淘洗

它们远渡重洋，从伍德斯托克

钻进功率放大器

鲁莽而又轻率

是的，公园睡着了

这里到处是像我这样的人

心怀鬼胎

害怕一次唐突的生产

释放胎记

一枚卑怯的徽章

钤在额头上

什么样的愤怒才是闪光的

才配走上街头

经得起广场和公园的蛊惑

经得起时尚甜美的依偎

哦，亲爱的

我们的计划不是这样的
性腺和股四头肌
正被仿生技术锁定
而那些遥远燥热的夜晚
从下丘脑蹿升的乐句
亡命的礼花
连续不断地冲撞那扇窄门
血泪涌出
精液被冲走了
你抱着空空的子宫彻夜难眠
是的，我们想要柯特·科本
（弗兰西斯后来怎么样了）
骑着炮弹旅行的鲍勃·迪伦
想要验证那些歌声
死在哪条路上
而这个不孕的年代
还要榨干多少爱情

【情诗词典】

　　愤怒：每一次和浮浪相遇，都会被绑架；每一次遭欲望驱策，都会引爆自毁。

七

诗人之死

——没有谦卑，尊贵在哪里？

一张晚报

来分食我的时间

油墨，旧时代的气息

浓烈而又迟缓

是的，相比社交媒体

我更愿意被它郑重而又缓慢地吃掉

像植物和泥土一起吃掉烈士

但它说一个诗人死了

他在网上直播自杀

一瓶安眠药和十几瓶啤酒

哀伤的呕吐物

近千名网友的围观

华丽的独幕剧

遗书和遗稿整齐得像是一份讲义

（他为什么不选个更好看的死法

"举身赴清池"或者"自挂东南枝"）

网友们找到了他

一家景区里的四星级酒店

但他还是死了

大量的眼泪和消息一起奔赴四方

一部文集也整装待发

生者的赞颂如期而至

舌头水草一样舞动

人们眼里蓄满泪水

喃喃地说自己也看见了父亲的鬼魂

但我还是可耻地睡着了

在梦里看见荷尔德林和屈原

前来吊唁

还有阿赫玛托娃

可诅咒的年代

爱情的火焰和荆棘的冠冕

簇拥着他们

但他们只是站在那里

谦卑地保持混沌的静默

谁都无法轻视死亡

他们只是诧异

更多的中国诗人早就夭折了

他们死于佯狂

死于语言可怜而又古怪的舞蹈

死于酒宴上油腻不堪的国土

死于杯盏间迷乱不已的网络

是的，我坚持认为

如果死因是假的

那死亡一定也是假的

汉语是假死者的乐园

中世纪的城堡

和西伯利亚的冰原

都没有收容这么多假死者

这真奇怪

这个诗歌的王国

如今温暖的死亡就像瘟疫

正在扫荡全国

其实垂死者并未走远

他们待在家里

在辞藻富丽的寝宫里

把自己安葬了

【情诗词典】

　　诗人：濒死者、梦游者、占卜者、淘金者、牧师、入殓师、遗嘱执行人、立法者、歌手、幽闭症患者、爱人、乞怜者、酒鬼、疯子、囚徒、战士、旗手、隐士、看林人、信使、耳语者、流浪汉、守墓人、助产士、蛮勇的父亲、无声的母亲、一把老吉他、年轻的小号、夜晚的花瓣、溺水的星星、一颗因恐慌而奔跑的精子……

八

关于诗学的一些断想
——是的，我们的诗学很美……

我坚信，尊严和荣耀

死亡最美丽的翅膀

会掠过黄昏时无声的海滩

剪裁琥珀色的钟声

送给无尽的沉默

成为美丽的岩心和诗歌之灵

邮件在寓所门前越积越多

保罗·策兰的早晨

被黑牛奶冲走了

羽毛涂污

自洁之死就接踵而至

簇拥尊严振翅嘶鸣的时刻

昂贵的诚意

黏合生存的尽头和生命的源头

在你的肩上和手上

呈现大地的神迹

但是不要爬上诞妄的山顶

像恩培多科勒

用死亡的筹码去给妄言淬火

千万不要

没有诚朴哪有荣耀

哪有诗意的封釉

让死亡发光

是的，我们的诗学岚影重重

莽莽山川遮蔽宇宙

伤春悲秋雕刻时光

是的，我们辞章绚烂诗境华美

但三闾大夫浩荡的追问

一出门就摔倒了

我们的诗情在土地上安家

在酒杯中做巢

但真正的饮者是谁

在哪个空间飞行

花间一壶酒

同销万古愁

我们只是想躲在他的怀里

一晌贪欢

在一间叫羁旅的客栈里

碧绿的酒液幽光点点

我们溺毙其中

终结这不可终结的一切

但是神的尺规在哪里

我们衰老是因为没有明天

我们矮小是因为没有天空

我们劳役滔滔是因为闲情最苦

是的，我想对你说

我们的诗歌史里有一个空洞

一个死去的桃花源

被时光遗忘

谁是酒神神圣的祭司

落英缤纷的山水间

那么多人在干什么

【情诗词典】

1.诗学：诗歌不需要对更广阔的空间和更漫长的时间保持热爱和忠实吗？不需要对轻贱和孟浪吐口水吗？诗歌的翅膀不需要虔敬和忍耐加持吗？诗歌之灵和日常生活不需要互相喂养吗？

2.恩培多科勒：公元前5世纪希腊哲学家，为了向学生证明自己不朽，跳进埃特纳火山，传说火山将他的青铜凉鞋喷射出来。

九

一间灵堂

——我们在大地上搭建过多少灵堂，
它们送别亲人，看守此世的生息

旧书店就是一间灵堂

霉变的味道浮动着

一个星系

暗淡而又寒冷

读者们都迁居了

一本书拦住我

谦卑的平装本

九个平淡的故事

边角像缺钙的身体那样蜷曲着

一个叫徐晶的女孩

郑重地留下娟秀的字迹

"保护好我们的才华、希望、纯真和对爱的信仰……"

这些尖利的词句

一群史前的野蜂

在我的手指上麇集

我有些心悸地想

我们什么都没保护好

灵堂和衰竭的思想

被一个新的地质纪年推向远方

那年秋天，我们滞留在北方老家

铁锈的味道一直黏在身上

我们去朋友的书店帮忙

房租涨得吓人

几十本成功学帮不了他

但空气中咖啡的味道太好闻了

尤其是雨天的傍晚

从外面进来

一开门，橙色的灯光就拥着你

咖啡的香味也是橙色的

仿佛一个笑容明亮的女士

安静地准备好了晚茶时光

青花瓷浅吟低唱的时光

被移动网络拦截

一个委屈的插件被遗弃在大堂里

空气里到处是资本烈酒般的味道

股东们诸神就位

重组灵长类骄傲的基因

思想在源代码中被驱逐了

大数据率领群氓占领了所有跨国组织

还有广场和街垒

崭新的权势

陈旧的阴谋

席卷辽阔的国土

真人秀让明星们跪了下来

他们在苔原带的疾风里笑得像一束干花

下一季，下一季的阵容确定了吗

如果没有下一季

谁？会在哪里？做些什么？

【情诗词典】

　　大数据：多么陈腐的势力！多么势利的眼神！多么盲从的心智！多么冷酷的伴侣！多么卑贱的头脑！

十

敌人

——停杯投箸不能食，拔剑四顾心茫然

可是，我们曾想成为闪亮的敌人

站在历史的另一边

无论是否有险可守

胜利或失败

时刻准备出击

远征或逃亡

都是大地上坚硬的旅途

可是世界是平的

真奇怪，地缘消失了

连季节也消失了

环球同此凉热

没有故乡来的追杀者

但通缉令在每一个地方拦截你

该死，贝阿特丽丝在哪儿

当地狱和天堂熔为一炉

你在哪里回眸

缓缓飘动的衣裾

沉默的赤足

残梦的旧影在哪里栖身

那年在海南你哭得像个遗孀

我们的钱太少了

不够在这里过一个冬天

更不够重建一间灵堂

挽留一个沉寂的星系

成为夜晚之心

"城市之光"还在湾区

但在访客眼里它郁结得像一座遗址

看守光荣的逝者

了不起的诚品敞开怀抱

思想和游戏共居一室

伟大的友谊背后

隐忍在沉吟中闪光

而我的诗稿脆弱、暧昧、恨意难消

新的隐士都迁徙了

在斑驳的网名后面

游戏代替战争

代替血肉横飞的命运

我们的语言系统被摧毁了

整个组织被重新编辑

那些灵巧的手指总会找到快捷键

移除所有疑虑

方舟在这儿

很久以前就在这儿了

但洪水已在船舱里沸腾

十一

居所

——路过从前的住处，但它马上要被拆掉了

沿着昏暗的楼道

光润的小腿无声跃动

达芙妮不是这样逃跑的，对吗

你怎么没穿那双希腊式的凉鞋

在伊德拉岛时我就想象你的脚趾

在其中伫立，行走或安睡的样子

我们向六楼进发

一个老旧的居民区

退休工人据守的国土

楼道里小广告和蟑螂一起聚啸

一个隐秘的社群

是的，我喜欢住在这里

房租和菜价都像上世纪的亲人

没有狂喜的牙齿
适于哺育谦卑而又诚实的思想
和低能耗的爱情
冬天我们在一台电热油汀旁做爱
竟然也大汗淋漓
后来你说但丁太可怜了
连贝阿特丽丝的手都没有拉过
呵呵，是啊是啊
这真古怪
尘世里的爱神
每一天都坐立不安地望着窗外
猜想爱人和食物是否会一起回家
那么你呢亲爱的
客串一下贝阿特丽丝
每天攀上六楼
一个低海拔的山顶
开门，看看里面
星光和剩饭是否会吵得不可开交
艰辛的爱欲还能不能
孵化一个清晰可感的城池

收容我们的匮乏和粗率

但是你说不

我都不知道她是谁

一个可能被错译的名字

一个早夭的女孩

一个悬在世纪之交的诗人

莫名其妙的 G 点

好吧好吧

看看我们多么可怜

还不如但丁，还没有

维吉尔和贝阿特丽丝共建的穹顶

庇护诗人的 G 点

在没有 G 点的大地上

诗人何为

【情诗词典】

客串：过剩时期的溢出，还是贫困时代的挪用？当职责越过边境，爱情和忠诚就挥发殆尽，爱人何为？诗人何为？

十二

一场时断时续的旅行

一场漫长的旅行

总是从幼年开始

马楚比楚和亚历山大

那些神迹赫然的地方

那些广为传颂的地方

那些在史诗的名录上屹立千年的地方

迟缓的脚步何时抵达

希罗多德和盐野七生

一直在背包里高声赞颂

热血和野心

当然还有英雄聂鲁达

激荡年代最勇敢的祭司

用语言的城堡看守美洲传奇

美丽的羊驼和古柯叶都在

碧绿的甘露也在

只是杯子碎了

畅饮者石化的喉咙碎了

我到过雅典卫城

阿波罗，一个年迈的神仆

每天用阳光擦洗神庙的石头

如同一个誓言

在时间中结晶

残忍和勇气

和比帝国版图还大的宏愿

互相淬火烧结

石像里嘶吼的灵魂

摇撼断臂下暗淡的阴影

如同小希庇阿窥见汉尼拔的衰竭

英雄暮年

牺牲的不只是鲜血

还有荣耀的死亡

一行深刻的铭文

一枚酷烈的徽章

悬在历史的残阳上

而你呢亲爱的
萨福、海伦和克莱奥佩特拉
还有可怜的贝阿特丽丝
更愿意和哪一个谈谈
也许还有德·波伏娃、汉娜·阿伦特
和琼·贝兹
哪一个更适合做午夜谈伴
或者在街市的诱惑中
在歧路的鼓舞下
结伴出行

【情诗词典】

　　荣耀：在锦标的石阶之上，在牺牲的血祭之下，在新大陆的海滩之上，在宏愿、胆略、虔敬和虐恋的照耀之下……

十三

你还好吗?

你还好吗

我的短信出发了
一只掉队的候鸟
上穷碧落下黄泉
如果你从庞大的电信网络中迁居
一个旧号码后面
人去楼空
几张旧照困守在墙上
日影斑驳
困守真美
美得像七月的海水

但是往事回来的时候会两手空空吗
它是否挤占你的内存
有没有一直胁迫你重蹈覆辙
有没有在你的血管里添加乳酸和内啡肽

但是手机沉默着
我该焦虑和哀伤吗
是否该让忐忑的讯号向你一头撞过去
带上行李重启漫游模式

你还好吗

是的，我感到哀伤
超音速冻结史诗
那些郑重其事的章节
被挡在音障后面
所有坚硬的词句都被气化了
我幻想一场原始的跋涉
在异乡的街巷里
留意每一张美丽的面孔

是的，你个子很高

即使在人群里也仿佛遗世独立

如同一场真人秀中的闯入者

试图修改脚本

那些调笑和吵闹

多么下贱

你无法侧身其中

也无法成为

失意诗人莫须有的G点

你，还好吗

十四

当语境成为诅咒
立法者的语言如何躲开暴力

那些西装在会场里抢占座位

肥大的和瘦削的

毫无倦意地争吵

假日酒店

咖啡浸泡成吨的锦绣辞章

翻动的嘴唇间一个个数字城堡赫然耸立

结构和强度

全部开始自定义

而我怀揣一部手写的书稿

在会议室门口无声地自燃了

是的，河床和山岳

被加害的岁月

一切坚固的东西都烟消云散了

一根像亨利·米勒那样的毒刺

才能帮助我们

从反面把爱情钉在墙上

但是绝世的质疑者

思想的残肢

悍然地委身迷途

是的，智者的乡路春华灼灼

背对故国的盛典

你的脚趾

羞怯的脚趾

被日渐逼近的节日驱赶

朽坏的树干折断了

我们日夜寻找疼痛的根芽

鹅黄色的

多么挺拔

就像你的舌尖

是的，我渴望死亡的号角

在它的叱骂声中蹒跚起身

思想和爱情从彼此的孤绝中盗取渴望

充满怀疑的日子

你说严寒和饥饿最好同时降临

一起铲除苟活的骗局

你被迫远行

行囊里装着最后的洁癖

每天走在街上

你都会警惕地观察

追捕者和可以留宿你的人

满面尘土之下闪动的眼睛

风衣里的剑和口琴

苍白或乌黑的手

击杀，或者抚摸

【情诗词典】

　　洁癖：被灰尘耻笑的十七岁。

十五

神圣的日常生活如何成为可能？
——神圣的！神圣的？神圣的！

你猜对了

我想要死亡在除旧布新的时候

在基因里留下一条道路

给奥德修斯

十个可以重逢的春天

亲吻那些无毒的花木

当谦卑而又诚实的理性与诗歌结盟

尘世的涅槃就开始派发证件

让古老的敌意走向沉默的山坡

生机的甜味在果核中挣扎

是的，我们足够老了

即便是简本的历史也该厌倦了

重复简单的罪恶

选择永远是错的

新的永远是旧的

我们得坐下来

回过头

看看那条路是怎么疯掉的

我想要能和恨牵手的爱

想要没有伤亡的新旧之战

想要神圣的日常生活

（不然我们怎么能在此世一同飞翔）

想要不装神弄鬼的灵魂

（不然怎么能在灵魂出窍的时候

保证自己没有因此受辱）

我想像一只蚌那样

将入侵者另行孵化

成为一枚奖章

你愿意把它戴在脖子上吗

就像一件信物

一件最好的信物

隐忍而又忠诚

配得上所有种类的爱情

配得上最难堪的历史

配得上最纷乱的世界

和最涣散的心

【情诗词典】

1. 日常：每天的样子，你的床和餐桌的样子，你不断离开和归来的样子。

2. 基因：遗传忠诚，变异图存，靠记忆维护昨天和明天的爱情。

十六

谁的意志让历史空转?
——你们一定注意并躲开了这个问题

好吧,再说一遍

我倾向赞美和缅怀

这短促的爱欲

和深长的哀怜

需要安放

需要死亡和新生对视

呈现时间的诚意

需要沉默的手掌

捧住冰凉的脸庞

让她从乌有之乡

回来,浅笑着在这青草漫溢的地方

在这柴门轻掩的地方

脚步散漫地徘徊

怀揣真理举棋不定

和一千个先知一起

倾听和拼接

被肢解的史诗

在其中小住或安居

直到真的死去

在所有能量耗尽之后

在所有怨毒降解之后

在血肉溶解在泥土中之后

在这离散和团聚之所

在这混沌宇宙奇点暗生的边界

跟随此界的遗忘

跟随心满意足的文字

从一场嘉年华里走回家去

用一杯啤酒洗尘

兴奋而又疲惫地躺在松软的被子里

沉沉睡去

【情诗词典】

空转：历史的脚步朝着哪个方向？

十七

怨偶的爱情

——是的，最好的爱情一定包含对侵犯和纠缠的
邀约和容留，一种不可或缺的建设性

如果人们分离

依然笑容甜蜜

如果我们爽约

依然等在原地

你怎么知道

在地壳的怀里

有一个越长越大的坏消息

是的，这个早晨未见异常

灰尘和阳光翩翩起舞

一对怨偶的爱情

美得像革命留在历史身上的疤痕

是的，这真可怕

刻毒成了一种爱情的方式

辜负生命中锈迹斑斑的时光

是的，灰尘每天都会来的

阳光也是

只有你

只有你的手机

像永远的斯芬克斯

颜面溶蚀

心硬如铁

我试着向你微笑

虚弱地喃喃自语

你在听吗

在灰尘的星系之外

这些讯号能否抵达

能否像一群迷航的候鸟

穿越众多纬度和时区

遮天蔽日地栖落在你的身旁

发出恼人的聒噪

【情诗词典】

　　怨偶：所有爱都是恨的道路。

十八

在酒吧里目击一个伟大的模拟者死去
这就是此时的奥林匹斯啊!

大屏幕冷冷地燃爆

迈克尔在布加勒斯特的烟火中一跃而出

像尊天神

一动不动地站在独裁者站过的地方

向晕厥的人民致敬

有人猝死

广场上橘色的尖叫四处喷溅

是的,这算不上一出惨剧

献祭者交出自己

不是在劳改营

死亡的狂欢中

甚至带着几分欣悦

如同蜜蜂溺死在稠重的糖浆里

孤单的手套在下体徘徊

紫色的生物电

华丽的军装

和少男少女一起意淫

传说中的龙骑兵

重金属的嘶吼

复活了整个时代的感官

这个伟大的模拟者

致敬！让我们干杯

酒也是模拟者

替代热血

替代真正的诗歌

和酒神落寞的祭司

致敬！我们在空洞的高潮中投保

然后烧掉一个夜晚

但是贝阿特丽丝在哪儿

一个伟大而又脆薄的角色

含冤而走的缪斯

呵呵，你看迈克尔

在流亡中得到了怎样的一生

只凭一个眼神就把那些女孩送上山顶

就能让这个世界流光溢彩

但是你的眼神还会回来吗

模拟者死了

替代品被成批地消耗掉了

更多的替代品蜂拥而至

幽暗的芯片嗡嗡作响

谁会回来

在静静燃烧的奇点

在人马座

用新的眼神

击穿我们

【情诗词典】

　　布加勒斯特：1992 年 10 月 1 日，迈克尔·杰克逊在这里举行了名为"危险之旅"的巡回演出，10 万歌迷到场观看演出，场面极为癫狂，有数百人晕倒，极限"爱情"场景，23 人因此死亡。

十九

你不会回来了
你不会回来了

搭地铁回城

像跟着死亡回家

混沌的入口

暗物质波诡云谲

鞋子的声音如影随形

左脚回应右脚

冷清的世界

冷清和冷清彼此怨怼

灾难和灾难互相耻笑

我知道，只有呼啸的时间

裹挟着病毒和尿臊味

威风凛凛地在隧道里横冲直撞

车窗上鬼影幢幢

今夜，我能写下最寒苦的诗行

你不会回来了

贝阿特丽丝

一个所有模拟者都感到不适的角色

云端上的爱神

我们的意淫把她给毁了

甚至把历史也毁了

她的面容

一团斑驳的碎影

她的发辫

一束哀伤的绳结

真可怜，我们的爱情

如此短暂

在她去意彷徨的时候

被一个不可能完成的任务逼走了

死亡还没来清场

只是她无法在你的诗行里栖身

结果，她把所有东西都带走了

【情诗词典】

　　意淫：不可能不可少的爱情。

二十

等待一道新的命令

——如果它是一道命令，那就值得等待；
如果你决意等待，那它就是一道命令

我知道她来过

我记得她来过

我相信她来过

以另外一种方式

真切的方式和渴望的方式

降临，你站立的地方曾经是神圣的

因为明天，今天是神圣的

因为今天，昨天是神圣的

因为迈克尔·杰克逊，艾伦·金斯堡是神圣的

因为我们，屈原和尼采是神圣的

因为复制，生殖是神圣的

因为生殖，爱情是神圣的

我们都被惊醒了

另外一种面孔

我们许久未见的面孔

我们从未见过的面孔

在自己的脸上浮现

神圣的世俗生活

一道新的命令

让我们手足无措

每天出门的路上

陌生的路人都像高浮雕

是啊是啊，古代剧场还是今时巷陌

唱诗队还是流行歌手

都没关系

我们只是需要一点时间

打量或沉思

而且没人笑场

这很重要

就像出生和死亡

就像男女交合

千万不要有人笑场

刻意曝光生命的古怪和寒伧

顽劣得像一群少年

一群机器人杀手

嬉闹着杀死学校和老师

是时候回家了

回到一帧热切而又审慎的表情之中

从雪山和史诗拓印而来的表情

从长谈和痛哭拓印而来的表情

从病愈的那天早晨拓印而来的表情

从酒后的亲吻拓印而来的表情

从和解时无力的手指拓印而来的表情

从重逢时疲惫的微笑拓印而来的表情

所以，我真的希望

贝阿特丽丝来此驻足

就像我渴望你

一个回家的你

一个赴约的你

淡淡地笑着站在昏暗的门廊里

手里提着酒和鲜花

提着和余生同等重量的爱情

【情诗词典】

　　命令：潜伏在心底和时间深处的一道暗语。

耳 语

——献给这个最好的和最坏的年代，献给希望的春天和绝望的冬天，献给芜杂的历史和清澈的渴望，献给歌声和祷词，献给沉睡和喘息的力量，献给最好和最难的爱。

仲夏，满腹心事地从山脊后面现身
城里的三角梅依然在白日梦中沉默

沉默像山里的铁矿石
内心坚硬，脸色阴沉
我们轻薄的笑声在山崖上撞碎
一点回声都没有

也许我们只能选择耳语
说给那些在命运中枯坐的人
那些在痛苦中讪笑的人
那些在喧闹中失魂落魄的人

一

但是我们是快乐的

是的，我们在丽江旅行

在雪山音乐节的骚动中微醺地闲晃

那些小客栈

带着一点家庭式的暧昧气息

原木桌椅亲切而又苍白

我喝比利时莱夫啤酒

（纯正的比利时修士啤酒

没有苦修的味道，绝对甘甜）

你捧着一杯碧绿的黄瓜汁

（不是策兰的黑色牛奶，谢天谢地）[①]

一起陷落在这局促的幻象里

爱情和遗忘

编织成这短短的假期

是的，我们关了电话

南方的海啸找不到我们

空难和自杀式袭击找不到我们
一百美元的油价找不到我们
老板的愠怒和假笑找不到我们
旧情人和新对手也找不到我们
快乐的逃亡者，你说
你笑的时候鼻翼两侧有浅浅的皱纹

夜里你一身冷汗地钻进我怀里
快跟我说点什么
快来抱紧我
快从废墟里找回哭声和呼喊
快用结结实实的疼痛给我输血
快，快，快
远远的，有海啸声像一段有力的乐句
托着我在波浪间颠簸
那是你——遥远的最深处的你
渐渐苏醒

你的呻唤猝然而至
从宁静生活的裂缝处向外流溢

而我，而我
紧紧地抱着这涣散的夜晚
抱着我们惶然失措的魂魄
后来，你睡熟了
我伏在你耳边，低语

记得当年年纪小
我爱唱歌你爱笑

二

我们没有提起浩军
想把那段结痂的记忆压在枕头下面
（那是他该去的地方吗）
你们在一起六年
从少年时开始
他就像你身边的一只牧羊犬
向所有企图靠近你的人狂吠
除了我，呵呵
那时我是个瘦弱羞怯的小子
而他骨骼粗大
十八岁时下巴就一片乌青
这是个荷尔蒙的结晶体
后来参与办案的女检察官就是这么说的
他杀了那个艺术系的短发女孩
还有她肚子里的孩子
因为她找你寻衅

在你的脸上留下数道血痕
扼杀——那是我第一次对这个书面词汇
有了对细节的感知
他扼杀了她
用他那双粗大的手
就在那座小剧场的化妆间里
三个半月后我又见到了他
那是他的最后一个早晨了
他穿着你给他买的白衬衫
青色的脸上艰难地笑着，说
我他妈的就要变成一具尸体了

（后来他变成了灰白色的骨灰
归于一种可怕的沉默
我们没有把它种在花园里
也没有等待它抽芽，开花）②

三

许多年，岁月层层叠叠

许多年，花朵星星点点

我在那么多职业间跳来跳去

你在那么多地方和人之间左顾右盼

但还是淹没在成年后的混沌里

你笑着给我看手腕上的伤疤

看这年轻的花瓣，干枯了

汗水慢慢洗刷，香水渐渐浸淫

清冽的血腥，和惊惧的眼神

都潜伏起来

我们学习瑜伽

上衣口袋里百优解静静蹲守 ③

而在学校时我们曾经那么狂热

大口吞咽滚烫的黄金时代

那时我们是满脸潮红的中国人

是从饥饿历史深处喷涌而出的橙色熔岩

可是雷电的荆棘和甜美的爱欲

一起对冲我们短暂的青春

对冲八十年代错乱的黎明

惠特曼的草叶在身后的风中抖动

那深灰色的风

是西尔维亚·普拉斯④

遥远美丽的游魂

是海子、科特·柯本⑤

是艾伦·金斯伯格

（金斯伯格说"我看见一代精英毁于疯狂"⑥

那是在美国，上世纪六十年代；

而我们这里不同，一代中国精英毁于贪婪和麻木

毁于铺天盖地的犬儒疫情

幻想在大麻中找到自由

和幻想从金钱里收获狂喜

真的不是一回事）

他们都不会复活了

凯鲁亚克也已走远

我们的崔健被勒令退休

激动不安的人们忽然端庄起来

他们藏起皱纹

穿着雪白的衬衫和深色西装

在机场的咖啡座里玩手机游戏

用 visa 卡在免税店里透支体面的后半生

四

早晨是从明朗的十点钟开始的

我拉开窗帘

你说别看我

然后踉跄着跑去卫生间

你需要半小时

变成一个香喷喷的熟女

我去窗边喝咖啡

看见洁净的石板路上

一伙老年游客跟在导游的小旗子后面

脸色红润像去郊游的小学生

有时时间是仁慈的

它拿走了你的精力、野心和爱欲

也带走了虚荣和连绵不绝的焦虑

于是，衰老的人有福了

他们重获自由

逃离欲望的追捕

回到一片初始的空明之中

（我又看到了在机场尾随我们的那个小子

看到他炭火般阴郁焦灼的眼神

在街对面一晃而过

不不，亲爱的

我不是那个意思

他应该只是一个无名的崇拜者

是被你的美貌摧毁的又一个孤魂而已

其实我也是你美貌的受害者

少年时我追逐你的眼神

并不总是那么纯洁

羞怯和牺牲的热望

压制住爱情初潮时肉欲的部分

但是那些夏夜生涩燥热的梦里

那个赤裸的女神

一直是你，一直是你

所以我们第一次做爱的时候

我嘴里有一种又苦又辣的味道

那晚我忽而心醉忽而心碎

伤心地看见自己跨越了少年残梦）

五

我们去看东巴竹笔写下的好看文字 ⑦

成叠的贝叶经

从陈旧中收获激赏

陈旧,是的

以岁月的名义

你奚落浮嚣的时尚

就像格瓦拉砍杀日益肥胖的享乐欲望

最终却沦为暧昧的同谋

(哈,那些 BoBo 是谁意淫中的怪物 ⑧

用两种意淫拼贴自己)

我们太贪婪了

沿着达尔文发现的通衢

进入一个巨大的加速器

然后膨化

收获肥大的脏器和性腺

一群杜米埃和哥雅笔下的幽灵

闯进骇客帝国

在暴雨般倾泻而下的数据链间穿梭

残损的面孔像蜡烛一样融化

惊恐发酵成疯狂

尖利的牙齿打造成闪光的银饰

我们就这样成为游魂

满腹乡愁却失去故园

没错，格瓦拉是阿根廷人

但他却回到古巴

回到玻利维亚的丛林中

回到死亡的盛装舞会里

回到圣杯骑士的祭坛上

陈旧不是回乡路

圣杯也不在那件红色 T 恤的五角星里

是的是的

我们在一场漫长的旅行中弄丢了时空
的刻度

在天旋地转中

蓦然怀想哥白尼和布鲁诺之前

那一小块平展坚实的土地

六

那一年的癫狂突然倒转

我把手机伸向舞台

而你在千里之外满脸是泪

"我要穿过你的嘴去吻你的肺"

崔健是我们的鲍伯·迪伦

是吉姆·莫里森⑨

是米克·贾格尔⑩

是"我们时代伟大的行吟诗人"

他细瘦的脚上穿着一双笨重的大皮鞋

一下一下猛踢我们坏死的神经

雪山草地哪里去找根据地

一块红布是你幸福的囚衣

假行僧耗尽所有的狂想

一把刀子帮我们完成血祭

啊啊，我们有过多么闪光的愤怒

有过多么纯粹的力量和坦率的爱情

但是它们刚刚照亮我们

刚刚从暮色中找到我们的脸

转眼就身陷黑洞

成为可疑的暗物质

成为一段钙化的歌声

我们这么快就衰老了

这么快就失去生命的光彩

这么快就被历史终结

（我们是简陋而又空疏的一代？

是时间长河中的飞沫？

是简本历史中被删除的部分？

是什么抽空我们的生命？

抽空我们完成自己的理由？）

七

哪一场爱情是真的我也说不清了

你坦白得令人厌恶

你被一个男人所伤

后来你说他是疑似男人

虽然你曾为他堕胎

其实我们都是疑似的

男人和女人

草根和精英

终其一生也不知能否证明自己的属别

只好等自己老了

对性别不再关心

就像老伊萨克在《野草莓》里 ⑪

看见自己虚度的岁月和垂死的时钟

被挡在一堵玻璃墙的外面

娇嫩的恋人恍若隔世

幻灭太多了

那些情史就像张爱玲的袍子

褶皱里爬满了虱子

我们怎么办

面对落花流水

像杰克·巴恩斯一样不动声色

这家伙怎么做到的

蓝灰色的眼睛

看着勃莱特从一个男人跳向另一个男人⑫

太阳照常升起

平静安抚大地

吻一双注定冷却的嘴唇

是一件很酷的事吧

外表沉溺　内心庄严

是啊，我们都不是爱情的主人

在它驱逐我们的时候

保持镇定、慷慨和优雅

保持比白衬衫更经得起污染的体面

很有必要

太阳照常升起

平静使人安居

（那平静中还有温热的眼神吗？

有吗？没有吗？）

八

在四方街

我们看阿妈们跳舞

胖金妹！我们大叫起来 ⑬

她们笑得像雪山流下来的清水一样透明

像阳光一样温暖

像风一样散漫自由

你甩甩头发

跳进舞蹈着的行列

转眼又变成一个快乐的女孩

简单的快乐是不是快乐

像惠特曼所说

在阿拉斯加食肉饮泉

被遗忘的罪恶还是不是罪恶

谁还会像沙威警长

在忏悔中溺死自己

阳光，阳光，阳光

你凌厉的诘问

是通过死亡走向至善

还是通过遗忘走向幸福

（列维那斯[⑭]说：哲学超越存在之诘问，

所得到的并非是一个真理，而是善

说得多好，好得像一场爱情

是的，哲学其实就是一场爱情

是我们投向大地的眼神和手臂）

我们的歌声

是不是都有一双飞往圣河的翅膀

驮着我们超度这艰辛的一生

（而你，你的梦幻般的脸庞

是海伦，还是贝阿特丽丝？

我们是帕里斯，还是但丁？

我们的故事，是毁灭还是救赎？）

九

晚饭是在微凉的庭院中

我们吃烘土豆和煨得软烂的茄子

酱汁里有一种令人萎靡的浓香

最奇妙的，是你那个阴沉的崇拜者就坐在对面

他还有一个同伴

穿着最新版的普拉达鞋子

光鲜得像奥地利水晶

神情却像是世界级的债主

哈，有谁在十字架上献身吗

不，不不

这些年，真正被牺牲掉的都是别人

每，一，个，别，人！

我们都会背诵堂恩⑮

却仍旧任冰凉的海水分割我们

以孤岛的名义

缅怀大陆和大陆上的爱情

农夫褐色的脊背在夕阳下闪亮

而妻子温润的笑容在简单的食物上闪亮

啊，我们为什么怀念旧时代

奥林匹亚山上的众神，雅典的石头

露天剧场里紫石英般的歌声

中国竹简上礼花般的思想

还有诗歌

李白在左，水中之火点燃此生之惑

但丁在右，勇敢的双眼，神圣的攀缘

是的，还有《欢乐颂》盛大的光芒

我们内心的灯盏

照亮头顶旋转着的夜空

照亮彼此涨红的脸庞和晶亮的双眼

……

可是那样的明朗和坚定久违了

从尼采开始

我们失去了上帝和内心的经纬

世界像一枚突然爆裂的坚果

黑色的籽种四处飞溅

荷尔德林、卡夫卡、萨特、加缪

这些哀伤的名字

带着我们一起逃亡

我们要逃到哪儿去
逃到什么样的灾难、绝望和爱情中去

十

（入夜，人们开始唱歌

古城里欢歌一片

索多玛，索多玛⑯

那个阴沉的青年蜷在椅子里

空洞的眼睛望向夜空）

歌声像弹子一样

在街两旁的酒吧之间撞来撞去

明亮的灯光里看得见快乐飞溅时的速度

看看我们的肾上腺吧

个个胀得发亮

发疯的芝华士，尖叫的冰筒

狂欢中总有一种沉沦时的垂死味道

"女士们，请提起裙脚

我们正路过地狱"

来不及了世界正裂变成无数甜美的碎片

它们扑面而来而我们五官插满箭镞手中握着荆棘

来不及了盐酸曲马多正在使女孩们失去水分

而我们在带她们回家时内脏吐了一地
来不及了犬儒附体钙质分崩离析
我们在泥淖般的岁月里罹患肌无力
来不及了时间弯曲历史失忆
我听见细胞死灭时黑色的叹息
来不及了爱人就在眼前爱情四处流离
我们的身体变成繁荣的 CBD
来不及了大家全都疯了疯狂失去意义
可是我们的迷途山高林密
来不及了路易·威登抢劫了所有中国城市女性
并摘除她们的脑叶为时尚工业奠基
来不及了中年男人躲进按摩院
听见自己死去的皮肤大声啜泣
来不及了知识正汽化成一场大雾
我们身陷其中且悲且喜
来不及了汇率从很远的地方袭击我们
安全感被阻隔在上世纪
来不及了我们被浇铸进城市坚硬的肌体
而网络重建秩序人们再次穴居
来不及了天色已晚大师云集

精美思想无奈粗粝问题

来不及了

来不及了

来不及了

十一

夜晚是黏稠的也是尖锐的
是温暖的也是孤寒的
是和解的也是对峙的
是短促的也是冗长的
夜晚，夜，晚
我们都在自己的行囊里塞了些什么东西啊
我们都在自己脸上涂了些什么颜色啊
我们都在一闪而过的笑容后面贴了怎样的诅咒啊
我们挥霍了多少偶遇的善意啊
我们为自己的爱情埋下了多少陷阱啊
是的，就像今夜
我们在它的最深处
在夜凉和黑啤酒共同打造的战栗里尽情沉沦
我们想起了浩军
你说，他是一个凶恶的门神
他死了，更多的魔鬼蜂拥而至
更多的混乱狼奔豕突
而且我原来不是什么淑女

你说，这是我二十五岁时发现的
也不是个安静的冥想者
是啊是啊，我像小时候
搜罗各式糖纸一样搜罗各式男人
早就超过了两位数，呵呵
他们是可爱的、漂亮的、强健的
而且没有一个像浩军
总是对其他同性露出牙齿
有几年我喜欢上了这种混乱的感觉
有时候青春是脏的生命也是脏的
谁能彻底逃离
不然谁还需要上帝
那虚妄和无助的老人
只是因为应许了一个悔改的道路
就赢得了那么多人的赞颂和爱戴

半夜里下起雨来了
嘈嘈切切，像一片沁凉的低语
好多年，这场雨一直没停
你从床上爬起来

在窗边面对雨脚失魂落魄
谁在说，说什么，说给谁
还有，床上的那个男人
那时断时续的鼾声
是谁是谁是谁

十二

那些年我在干什么

开过公司但失败了

后来又去办报纸

而现在我是一个卖别墅的

想得到吗你想得到吗

有一年我们见过

在王府饭店的大堂里

你挽着一个一身杰尼亚的小子

气色好极了

浑身洋溢着荷尔蒙和香奈儿五号的混合味道

那时我刚刚离婚

正和一个三流演员纠缠不清

那是个令人厌恶的故事

（好多年后，我忽然醒悟那个意外之我

真的来自心底沉睡的鬼魂）

我们就站在大堂里聊了一会儿

你把我的名片塞进手袋

说我会打给你的

就兴冲冲地走了
显然，你不喜欢停留
那时的你担心有什么不快的东西
从往日回返
横在面前
那年我在北京看了一部戏
其中的女主角长得有几分像你
这个女哈姆雷特，在戏中说
谁为时间定义
谁决定它的轻重
谁会从它怀里偷走彼时的快乐
你有过这样的疑惑吗
你会担心谁偷走自己的快乐吗
或者，你的快乐是被偷走的吗
还是自己在时间干燥的风里被蒸发掉了

我们不知所终的一生啊

十三

我曾追问自己

为什么不像最初打算的那样

在学校里教书

追忆大师们神奇的思想

我们的初衷是在什么时候触礁的

（当然，我们不是良知最早的背叛者

想想十六世纪的马基雅维利

这个了不起的共和主义者

为了讨好僭主美迪奇

为了重返佛罗伦萨上流社会

怎样写下了《君主论》）

从什么时候开始

文字失去魔力

甚至失去青春的血污和疼痛时的嘶吼

直至喜悦时空气中颤动的灰尘

是的，它们统统变成了华丽的印刷品和版税

变成签售仪式

变成新的出版合同

变成礼堂里漂亮的演讲

还有我们的大学

越冬的思想在旧书库的角落里发霉

它们根芽细小的阴郁

不再长成乔木

而是像苔藓那样匍伏下来

把绿色的回忆掩在身下

就这样，我们的大脑干缩成一枚核桃

成为索尔·贝娄笔下的人物⑰

衣衫光鲜却失魂落魄

还有一伙戴博士帽的歹徒

成群结队地窜上各种讲坛

在上帝的裤裆里狠狠踹上几脚⑱

而你，你们

这些历史的守夜者

这些发出过光亮的地方

谁来守候续命之火

（宋儒张载是怎么说的

"为往圣继绝学，为万世开太平"）

知识还会不会成为弥赛亚

使我们再次得救

十四

我们骑着自行车去束河

轻柔的风拥着我们

白雪在山

骄阳在川

一切干净得像上个世纪

空气中有自由和青草的味道

最后一次骑自行车是什么时候

有十年了

我们遗忘得这么彻底

就连腿部肌肉

也变得绵软安静

可是我们曾用三十天

在北部边疆的山林间走了一千公里啊

在那里，九月的松针

在爱情的焦虑中变得金黄

我们聚拢起它们

在一条小溪旁点燃篝火

辛辣而又清芬的味道转瞬劫持了我们

爱情，爱情

在你的自毁中我们看见什么

所有的青春都投到那丛火焰里了

所有的梦想都缠绕在那缕烟雾中了

松果爆燃噼啪作响

林鸟时鸣山高月小

你的眼睛在黑暗中闪动

想说什么

是的，那可能只是一次错乱

是早产的亲密愿望降生在荆棘丛中

后来我们只能分开

用分离来躲避亲密的伤害

那一次你哭了

说我是伪装的爱情圣徒

企图用自残安慰自己伤害别人

不是不是真的不是

我只是想在爱情的宿命里

做个好样的失意者

（束河白墙下的黑衣老人

你们的岁月是用什么方式消耗掉的
那些淡远的故事
还有人记得吗）

一栋简朴到粗鄙的房子
那是我们所需要的吗
简素到只有我们自己
我们需要一片空白来沉淀自己吗

十五

就像爱情有时是死亡的向导

死亡也是爱情的向导

火焰是灰烬的源头

我们剧烈地诞生

平静地衰老

你是一个旅人吗

一生游走

只对道路保持忠贞

这是你吗，你是快乐而又安宁的吗

你还会想起浩军吗

还有他像锁链一样带给你的挣脱的快感

是啊是啊，我并不怀念他但会想起他

像他这种恶魔式的人物好像也过时了

现在我们都是快乐的自由基

是散佚各地的活页历史

连页码都丢失了

我并没有从这里走向那里

那条路上历史的逻辑蒸发掉了

也没有从爱上这个人到爱上那个人

那只是一连串的寻访和遭遇

是对爱情幻象的模仿

可是可是，有时候模仿就是谋杀

就是阉割渴望

就是咀嚼时间吐出的残渣

直到它成为生命之殇

成为我们痛苦中最为坚硬的部分

十六

现在来谈谈我们吧

谈谈我们的垃圾时间

（你说余下的日子都是垃圾时间了

多可惜，我们还没有进球

就这样输掉了整场比赛）

在垃圾时间里相爱是一件困难和可笑的事吧

作为两件中年垃圾

相爱也是一件困难和可笑的事吧

（我们的皮肤下面哀伤和疲倦层层堆积

我们的笑容下面犹疑和猜忌悄悄潜伏

我们的亲密之中离弃和怨怼如芒在背）

也许我们不必再提爱情

只是保持亲切和温暖

就像巴恩斯和勃莱特

想象可以一起取暖

就很不错

是的，如果我们相爱

那是因为我们对于生命怀着一种至深的哀怜

（现在它流逝的速度变得多么快）

对于残损的心魂有一种拥其入怀的热望

是的，如果我们相爱

那是因为我们是苦难怀中的籽种

我们需要忍受疼痛时身旁有一丝弱小的光亮

是的，如果我们相爱

是因为爱情是一个不可能完成的任务

是一份灵魂无法偿还的债务

而我们只是历史风暴中的一粒尘埃

是一个微末而又孤单的存在

如此而已，我们为不可能爱而爱

（呵呵，德里达说过：我们所有的爱都是不可能的）

如此而已，我们为死亡而生

如此而已，我们为夜晚点燃篝火

如此而已，我们为狂喜而垂泪

如此而已，如此而已……

十七

我们会找到力量吗

或许很多时候我们根本不需要力量

微笑着对视不需要力量

关掉电话一起去短暂旅行不需要力量

安静地吃一份简单的晚餐不需要力量

牵着手走过那些明亮的小店

走过轻寒的薄暮时分不需要力量

甚至连相爱也不需要力量

我们被一种绵长的节奏所吸附

沿着它翻阅你内心那些陌生的褶皱

宁静致远

让我们在每一次发现中屏息驻足

只在与死亡相遇的那一刻

才在呐喊声中撞碎自己

在炫目的光芒里荡尽此生

（这是我们献给此生的又一个葬礼

是我们为自己的夜路点燃的又一盏烛火）

下雨了

窗外的雪山像屏风上的一个梦

十八

我是来听纳西古乐的

那个阴沉的青年对你说

你能陪我一起去吗

它能让我免于疯狂

你能陪我一起去吗

他的同伴把他拉走了

其实亲爱的没关系

如果我们能使人免于疯狂为什么不呢

如果我们能让他在那片历史的飞地上找到乐土

为什么不呢

疯狂不再是件美妙的事了

它什么都解放不了

什么都拯救不了

掺杂硫黄的血救不了我们

刚愎的英雄主义救不了我们

毁灭真的不是个好办法

真的不是

可是后来我们一起在那个幽暗的庭院里

在铙钹的连续撞击中迷失时

他却装作不认识我们了

那音乐有着铜一样的光泽

有着骨头一样可怕的沉默

可是历史并没有死去

它只是被冻僵了

被时间冻僵

被遗忘封锁

它一直在等待一个咒语

等待灵魂中山崩地裂的时刻

复活是谁的故事

是谁比爱情还要疼痛的渴望

一串笛声在薄雾中游走

一段歌声栖落在故乡的屋顶

我们啊，什么时候会从浮世的巨大笑脸上醒转

（看看那个岳敏君

他和他的傻笑蛊惑了多少人和多少金钱啊）[19]

从毕生辽阔的茫然中起身

缓慢而又执拗地走向清冷澄明的一瞬

十九

好吧，我们做了决定

相爱但不喧哗

让它保持自然的童贞

保持自由的尊严

保持沉默的端庄

也保持死一般深邃的沉醉

现在可以安静下来了

我们和我们带伤的爱完好无损

我们的病痛和残疾完好无损

我们蒙尘的生活完好无损

我们突然断线的歌声完好无损

我们和这世界达成的和解完好无损

希望不是一份远期合约

没有抵押物和保障性条款

它只是一种固执的表情

只是爱情的衍生品

保持希望其实就是保持爱情

就是保持对生存的善的超越

（了不起的列维纳斯啊）

来吧，超越嫉恨

但抱紧爱情狂喜中最锐利的刺痛

超越自怜和自虐

但保持在苦难深处从谦卑中获取的热量

（想想陀思妥耶夫斯基说的：

"我深恐自己配不上我所遭遇的苦难"

或许会明白先贤们曾经的力量是从哪里来的）

超越快乐

但抓紧你在三十七岁时获得的持续高潮

和不期而遇的深沉睡眠

这是我们的救赎吗

是我们安置心魂的最好方式吗

二十

现在，这场盛大的派对开场了

大雨突至

像是施洗者的眼泪

而我们穿着各色雨衣

在雪山下颤抖着舞蹈

崔健没来

这里不是伍德斯托克

不是青春发出嘶吼的狂喜时刻

但是青春的悲情还是让我们悸动

（青春总是悲情的

一张即将蒙尘的洁净脸庞

一双饥渴的眼睛总是悲情的）

艾薇儿，那个雨中的女孩在唱什么

Conpeueted

生活在别处，青春也是

所有我们热爱的东西都是

你在雨中哭泣

你和雨一起哭

和错失的青春一起垂泪
这真好
我们就是靠泪水清洗自己的
就是靠哀伤来擦拭自己的爱恋的
这是我们的自洁时刻
是自新的典礼
你好啊，我们灵魂破茧的一瞬
你好啊，我们爱情悄悄归巢的一瞬
你好啊，你静静燃烧的双眸
你好啊，你挥舞在空中的苍白的手指
你好啊，我们的新生活……

雨啊雨啊
你是一个巨大的隐喻
是复活者眼前碎玉的帘幕

（但是，但是，你摔倒了
是的，你摔倒了
缓慢而又沉重
宛如无声的叹息

背后一支黑色的刀柄轻轻颤动
那个阴沉的青年双手抱肩抖成一团）

二十一

你在医院里
在 ICU 病房
世界变得遥远
你在我不知道的地方徘徊
是什么力量要把你带走
是什么样的疯狂又来寻仇
（那家伙被抓起来的时候还在大喊：
"我是销魂蚀骨的卡萨诺瓦，
是罪孽深重的拉斯柯尔尼克夫
是一击致命的哈姆雷特"）
是啊是啊
总是这样
我们历尽艰辛
可是爱情功败垂成
我们的新生活功败垂成
现在，你在医院里
整个世界都在医院里
我的玫瑰花蕾[20]

那些输液管抓住你
那是此生，是这个微茫的世界
是我和所有向你发出叹息的人
是忍受绝望的爱
在向你招手
也许生活是一出恶作剧
我们全部的挣扎也不过是一套可悲的规定动作

不，不
这样不行
真的不行

二十二

我跪在你的床前
用此生全部的力气
向你耳语
向你因失血而变得透明的耳朵
向你死一般的沉睡
向无声的世界
向命运的黑洞
向你的委屈和渴望
向你仍旧饱含汁液的肉体
向我们亲爱的迷途
向半途之爱
向团聚的渴望
向沉迷时刻的每一声叹息
向我们少年般清澈的追悔
向这多病的一生
向那么多垮掉和迷惘的岁月
向所有无功而返的血泪
向那些互相争吵的圣贤

向你曾经湿润的眼神

向我幽暗的怜惜

向虔信和怀疑

向乱世的诗歌和祷词

向盲目而坚韧的劳动

向医生和绝症患者

向单身孕妇

向暴雪中一只温热的酒杯

向书页里玫瑰的旧影

向午后昏睡时的钟声

向海岸上不息的潮声

向失踪的历史

向荷尔德林

向陀斯托耶夫斯基

向列维纳斯

向金斯博格和崔健

向宋儒张继

向俄狄浦斯和西西福斯

向哈姆雷特和赫索格

向杰克·巴恩斯

向艾尔·格列柯

向安德鲁·怀斯

向柴可夫斯基

向贝多芬和伟大的《第九交响乐》

向破旧的八音盒和黑胶木唱片

向墙上沉睡的风筝

向山风中孤单的翅膀

向五月的丁香树

向隐身于晨曦的渴睡的路灯

向从睡梦中返家的少女

耳语——

记得当年年纪小

我爱唱歌你爱笑

自从那年去午睡

醒来歌歇笑亦杳

人生若是如初梦

谁寄苍茫在一朝

无边罪错怨懵懂

天怜清澈可怀抱

即托热爱夕照里

且复歌来且复笑

······

【注释】

① 保罗·策兰：战后著名德语诗人，生于罗马尼亚，其成名作《死亡赋格》中有"早晨的黑色牛奶我们喝它"之句，黑色牛奶通常被解读为纳粹对犹太人的戕害，亦即死亡的象征。

② S.T. 艾略特《荒原》第一章中有这样的句子："去年你种在花园里的尸体发芽了吗，今年会开花吗？"

③ 百优解：盐酸氟西汀，一种口服抗抑郁药。

④ 西尔维亚·普拉斯：美国著名女诗人，自白派代表人物，后因抑郁症自杀。

⑤ 科特·柯本：美国著名摇滚乐手，涅槃乐队主唱。

⑥ 艾伦·金斯伯格代表作《嚎叫》中的句子："我看见一代精英毁于疯狂"。

⑦ 东巴文是丽江纳西族发明的象形文字，通常用特制的竹笔写在土纸上。

⑧ bobo：布波族，一种混合了波西米亚和布尔乔亚精神特质的时尚人格乌托邦。

⑨ 吉姆·莫里森：美国著名摇滚乐歌手，迷幻摇滚代表人物。

⑩ 米克·贾格尔：英国著名摇滚乐歌手，滚石乐队主唱。

⑪ 伊萨克：英格玛·伯格曼电影《野草莓》中的主人公。

⑫ 杰克·巴恩斯和勃莱特：海明威小说《太阳照常升起》中的主人公。

⑬ 胖金妹：纳西人对未婚女孩的称呼。

⑭ 伊曼努尔·列维纳斯：法国哲学家。

⑮ 约翰·堂恩：英国十七世纪著名玄学派诗人。

⑯ 索多玛：《旧约》中记载的淫乱之城。

⑰ 索尔·贝娄：美国作家，诺贝尔文学奖获得者，代表作有《赫索格》《洪堡的礼物》等。

⑱ 亨利·米勒自诉《北回归线》"是无休止地亵渎。是啐在艺术脸上的一口唾沫。是向上帝、人类、命运、时间、爱情、美等一切事物的裤裆里踹上的一脚"。

⑲ 岳敏君：中国当代画家。

⑳ 美国电影《公民凯恩》中主人公临终喃喃说出"玫瑰花蕾"一词，被人们认为隐含其一生最为隐秘的爱和痛楚，但众人百般求解却不得其门而入，最后"玫瑰花蕾"出现在即将被烧掉的主人公童年的滑雪板上。

未完成的安魂曲

你来想象山风吧
想象那种透明的冲撞
眼睛，内心的寥廓与苍凉
一起接受它的鞭打
接受冬日凌晨一样清冽的呵斥

你来追悼爱情吧
想象她被辱没的清洁与温热
当怀疑席卷我们
席卷一切希望的起点
席卷我们忍受苦痛的理由

——题记

北方的山是低沉而又宽广的
像史诗深处的行板
在岳桦林之上
苔原带绝望地隆起阔大的脊背
竭力遮挡火山岩黑色的脸孔
我为什么在这儿
在这绵延不绝的沉寂中
在这青灰色的劲风里
是的，生命是轻薄的
这无垠的世界
要如何抵达
在岩石穿越千年的暴乱里
在植物九死未悔的生长中
在你酷烈的爱情深处
这么久，这么久
时间仿佛要绷断了
无法承接和延续这么多的渴望

一

我看见你喝空的啤酒罐
遗落在山谷间窄窄的河床上
阳光下看上去坚硬而又悲凉
它比你的拳头更加凌厉沉重
是的，我的痛感在心底嘶嘶作响
像从冬眠中惊醒的蝮蛇
而你的狂怒像白磷的舞蹈
像漫天雷电的芒刺
但转眼又被厌倦吸干了
一片灰败的雾霭沉入你的眼底
这是我从未想到的

是的，你一直是个谜

丹阳也是这么说的

十年婚姻对她没有多少帮助

这多么奇怪

她说你们是一个房间里的邻居

是学院里陌生的同事

是爱情故事里离散的畸零者

当然，我是有罪的

同学会时你在欧洲

丹阳喝得大醉

（每个人都醉了）

跳舞的时候我吻了她

她的头发、脸颊，还有嘴唇

（见鬼，她身上和十几年前一样

老式洗发水和雨后青草的气息混在一起）

可我吻的不是你老婆，兄弟

而是我风干的爱人

是留在岁月深处的一串结晶的泪水

时光之海无法汇成一个小小的宽宥吗

现在她被围困成一只琥珀

栩栩如生，遥不可及

就连那个吻也被时间封堵
被丹阳轻轻推开
被一种说不清的苦涩浸透

这是一桩什么样的罪孽
谁的审判让我心安
是你吗，兄弟
是狂怒的你
还是悲悯的你
（我是否该这样乞求并渴望）
这都是我愿意接受的
但是你的厌倦让我惊恐
你眼神中那种暗淡的厌恶
让我感觉某种我们一直纠结与依恋的东西
永远地消失了

二

你烧掉了那部手稿

烧掉了在民粹与启蒙间多年来的无限纠缠

（你说这些真假难辨的游戏让你心力交瘁）

留下车钥匙和银行卡

留下字条上的谶语

——所有爱情在它开始的时候就结束了

——所有革命在它孕育的时候就失败了

这是什么意思

你不想再延续这一切了吗

你的通古今之变的雄心

你的名垂青史的宏愿

你的向美妙异性发送生物电的小小爱好

你清晨跑过山冈时腿部肌腱华丽的颤动

还有丹阳，你的心醉神迷的战利品

还有教职，你的如花似玉的女研究生们

还有良心，在那个矿区被骇人的贫穷惊醒的怡然之梦

（那年夏天我们去了好多地方

第一次目睹穷困和卑微

如何让那些人变成一个与我们完全不同的物种

可是奇怪，媒体上一直有关于他们的半真半假的报道

而我们从未真正留意）

那些要撕咬你的敌人

那些机票、约稿信和邀请函

那些命运手掌上的花瓣与荆棘

随着爱情隔夜的尘埃沉入死亡之雾

是兄弟的背叛

抑或是什么更大的幻灭

从我们无从知晓的方向吞噬了你

是的，你说过你开始失眠了

书在邻近结尾的地方失去了方向

性能力也不再无坚不摧

是的是的

我们每个人都身陷重围

时常半夜醒来被自己的状况吓个半死
但是，该这样结束吗
以这种不知所踪的方式

三

我们为什么不能翻新自己

像火山吐出岁月绝望的内脏

为什么一定要被宿命绑架

听任基因复制凌辱和贫穷

复制对卑微的宠溺与臣服

是的，当我们像少年大卫那样①

向歌利亚掷出自己的诘难时

那一刻我们感到自己是生机勃勃的

是这个星球上有灵的存在

说出你的愤怒吧

说出你在日常景观面前所感到的错愕

说出你日复一日的落寞与不快

说出你看到的和怀疑的
是的，先贤们的语录在夜空中闪着星光
但只要眼底的痛楚还在延续
只要饥饿还在那些典籍的背后
啃噬历史和现实的空洞
我们的言说就是正当的
就是生活的基石

啊啊，历史重上环山路
在那些金色的仪仗里
声势浩大地踏歌而行
是的，大家又聚集起来了
以集体的名义
分享威势与荣光
分享面对苍茫时光的赴死豪情
可是这样的狂欢
总是让历史喋血
让后来者在遗忘中沉迷
新生命要从哪里滋长

是思想的血泊还是血泊中的思想
怎样活着
如何死亡
仍然是我们的问题
（这真让人沮丧
你蓦然发现
这么多代人夜以继日地逃亡
却还是无法摆脱
那些魔咒的追击）

四

其实你一直是强悍的
是个小小的暴君
所以二十年来我们冲突不断
奇怪的是我们仍然是兄弟
是嵌在彼此生命中最为固执的部分
那些电光石火的时刻
在更高的地方像金属一样凝结起来
成为一个骄傲的徽记
所以丹阳当年嫁给你时我甚至有一丝宽慰
是啊，爱情和友谊这样混沌地搅在一起
还不算所有噩运中最坏的
就让她在你的怀里颤动吧
让走投无路的爱情

和所有悲剧一样习惯惨笑着自沉

习惯与绝望和平共处

可是你还爱她吗

婚姻，这黄金般幽暗的居所

囚禁她最鲜嫩的时光

而毫无声息的忠贞一夜一夜地抽打她

因此在我忏悔的时候

时常痛恨自己

也许明火执仗地站在你们面前

会让这一切有所改变

（至少改变悲剧的脚本

成为一个莫须有的监护人

抑或另一个版本的施虐者

无助地站在丹阳面前

无助地犯罪

无助地成为爱情之熵）

在无法回头的执迷面前

在我们最年轻的时候

我们合谋了这个悲剧

（是这样吗）

合谋了这世间习以为常的惨象
是的，我吻她的时候嘴唇仿佛都生锈了
那一刻我伤心极了
我们把爱情和友谊都给毁了

五

火山岩是黑色的

像革命者的尸体

那些浩荡的悲歌

从幻想的顶峰俯冲下来

肾上腺素云蒸霞蔚

于是我们将错就错

在热烈的幻想里长大成人

在随处可见的街垒里与人为敌

可是那些创世纪的故事

并不都是血腥的

盘古是个好样的樵夫

耶和华像个捏泥人的

（只是后来他才变成一个乖戾的父亲）

而该亚给自己生了若干丈夫②

呵呵，生命从血污中诞生

是穿越时间的真相

还是先祖传说中的窠臼

我们为什么不试一试

用一种温和而又绵长的方式

就像植物

像美洲热烈恣肆的草叶

像雅典卫城上倔强的苔藓

像南亚雨林中那些古怪的藤蔓

像家乡坚忍的松针

像在腐殖质中苦修的人参

吮吸大地和岁月的精华

平静地播撒籽种

悄悄生长

蔚然成林

在风吹草低的歌唱中你听到什么

在黄昏门前的微笑里你看到什么

六

兄弟，那段混乱的日子已经泛黄
但它仍然会在岁月深处和记忆相遇
在放纵中放逐的
是生命中不可剔除的丑行吗
从午夜的镜子里浮出水面
那张青色的脸
该不该砸碎

而那些女孩的皮肤多么光润
像江河的源头那样清亮
上面附满了美丽的漩涡
在她们早上的浅笑里掩埋惶惑
在丹阳的关切里失声痛哭
在你的酒杯里沉溺而死

兄弟，那两年你甚至对我有一点骄纵
像兄长一样看护我短暂的死亡

我该庆幸吗
她们并不介意我的疯狂和荒唐
（就像她们不介意疯狂捶打生活木讷的脸孔
呵呵，为什么不呢）
谁该介意
谁该唾弃或收留这段不堪的迷乱
为它流泪或不语
我该介意吗
介意自己的疯狂
和生命深处的血污
我要掩埋它们
还是享用它们
就像灾年里吞咽那些乌七八糟的食物
享用这份悲催的生活里不洁的快感
啊啊，为什么灾年如影随形
用如此可恶的追逐来惩罚我们
天呐，每次在那样狂乱的幻象里梦见丹阳

我都会把自己毒打一顿

谁来救我
谁来和我一起在十字架上安息

七

山势起伏

历史吊诡

北方退守到针叶林倔强的箭镞里

执拗而又孤单

而雾把潮湿的手指伸向绿色焰火的深处

被它凌厉的眼神灼伤

那些慌乱的小径上

先行者的血汗

和荒芜的史册一起沉默至今

浇灌无名的野草和荆棘铁灰色的叹息

山仍然在摧毁我们

直到它把岩石塞满我们的胸膛

使我们石化

成为密林间失语的幽灵
你在这里穿行的时候
心里都在想些什么，兄弟
（你说过想像人参那样把自己埋在密林深处
隐忍地在岁月怀中端坐
等待一次漫长的重生）
东北虎华丽的身影一晃而过
它幽深的咆哮和灯盏一样的眼睛
音信杳然
在和无数冤魂邂逅之后
你的血液也像熔岩那样日渐暗淡
是的，历史不是一次旅行
而是一次迁徙
从奔突的热望到惶惑之爱
从自新的诳语到沉溺的鼾声
从登顶的呼号到宿营的眼睑
从先哲的训诫到狂徒的酒歌
从领袖的手臂到群众的脚踝
从喋血的争斗到和解的眼神
从牙齿的辩难到唇舌的抚慰

从朝阳的蛊惑到夜幕的仁慈
从生命到生命
从死亡到死亡
是的，我们身陷历史
在巨大的迷局中心力交瘁
在城中贫困的市声里恒久迷失
却无由细听
时间和爱情拥吻时的唼喋之声

八

你说，在历史散漫的流动中

金属和空气一直在互相噬咬

多少代人都倒下了

血肉腐蚀泥土

我们在充满恶意的时间中筚路蓝缕

可是宁馨的故园依然遥远

陈旧的爱情

陈旧的苦难

陈旧的呼喊和忍耐

陈旧的旅途和营地

陈旧的疲惫和衰竭

陈旧的病痛和死亡

陈旧的灰烬和遗忘

这日复一日的覆辙吐出宿怨

何时完结

你像肤色一样顽固的讪笑

何时完结

谁是摩西

谁是汉尼拔，迦太基伟大的统帅③

谁是英雄拿破仑和领袖毛泽东

谁是为历史划分章节的人

谁给命运带来转机

而我们都是匿名者

是蒲公英被吹散的梦想

是被时间留在旷野上的牺牲

连祭坛都没有

我们的啸叫与唾骂

是被鲜血烫伤的刀刃

在完成宿命前

拼力在夜雾中留下一点光芒

啊，兄弟

在这一瞬

我们的言说
只是人类一小段哽咽着的啜泣
只是浩荡的时光中一声遥远的尖叫啊

可是，我们还是幻想成为一个光荣的物种
在街市和山岭上行走
在时间的坍缩中
像石头一样歌唱

九

你看，这城市的灯盏

这苦难的星群

我们的爱和梦想

如果不能因此获得重量

不用星光下掩藏的泪水擦拭眼睛

历史的风暴清算我们的时候

就不会有一丝歉意

爱情驱逐我们的时候

也不会有一丝怜惜

而我们终将被抽空

成为僵尸

成为地球上充满恶意的存在

世界，这小小的居所

是否还能承担

这种原始之恶

这种我们习惯和依恋的

存在之核

是的，我们华丽而又仓皇

手提电脑里存满钞票一样红光满面的文稿

在各种学术会议间优美地飞行

有一次你说得真好：

我们意淫了神圣的母语

没有爱情，没有

那些残骸中一点精血也找不到

这就是我们该做的吗

这就是我们在自己无法涂改的命运中该按下的指纹吗

这就是我们在无法逃避的罪行中选中的一种吗

我们至少该来一次像样的挣扎吧

至少该让烟尘和熔岩

装扮好火山壮丽的死亡吧

十

碎石路的那一边

一片紫色的铃兰在风中晃动

再往前，蒿草辛辣的籽种被午后两点的阳光点燃

我想起丹阳

想起当她爱着

她的谎言甜蜜而又友善

她沉静而又热烈地爱你

而我只是被她温情打湿的一丛衰草

是在无望中执迷的一叶孤桨

妈的，你想不到一个失意者会有多少黑暗

钝痛压碎挣扎直到它发出阵阵哀鸣

没错，我虚构过你十种以上的死法

想象你虚弱而又猥琐

想象你的华丽是一副罪恶的躯壳

可是你不

你仍然是我们这一拨中最耀眼

甚至是最孤绝的

你大概像哈姆雷特一样被命运选中

承担一个族群的光荣与耻辱

承担疯狂带给你的酷寒和剧痛

（包括承担人性的迷乱与黑暗？）

而人民像一群巨大的水母

在水下开花

在岸上融化

在我们的爱恨深处成为泪水之海

当然，对于爱情来说你是不祥的

是一个冷酷的爱人

是丹阳炫目的伤疤

（里尔克说得对：每一个天使都是可怕的）

是伟大悲剧不可缺少的一部分

可是我怎么办

我是这部戏剧中的萨列里和奥赛罗吗④

是角落里有毒的眼神吗

是用诅咒荼毒兄弟和情敌的复仇者吗
是用妒火烧死自己的可怜虫吗
不，绝不

十一

我站在峡谷的边上
时间掩埋了大地被撕裂时的吼叫
可是它的危险被永远留下来了
嶙峋的石壁和尖利的石笋
那些灌木无法掩饰的狰狞
围困美人松和云杉
兄弟，你在哪儿
在沉溺还是挣扎的宿命中
给我一点启示吧
给我一点俯视自己黑暗的可能吧
也许爱情还在
友谊还在
在这大地的伤口之上
也许梦想也还在
在松果散落去年的爆响之中

兄弟，好多年了

大家沉沉睡去

膏腴而又惶恐的幻觉从天而降

我们像缺钙者那样多梦

贫瘠的岁月从怀里掏出一副疯狂的肠胃

好多年了，昔日的宏愿一直在嘲笑我们

我们的灵魂和心智

从历史中找到了多少能够喂养我们的东西

我们的骨头

需要刮掉多少腐肉

才能像鹰笛一样闪亮

才能支撑起漫长的行走

哦兄弟

刚下过一场雨

天还阴着

松林变得发黑

就像我们被岁月和孱弱拖累的梦境

十二

你说我们一直是醒着的
这个智慧过剩的民族
骄傲而又优雅
但是我们的良心却在休眠
也许它醒了
我们就要死了
是这样吗
看看我们的民粹派
华美的唐装一尘不染
在一场波澜壮阔的意淫中
为祖国摆下水陆道场
向历史行乞
或者干脆做了一个盗墓者

渴望偷回那些斑斓的时光

而海归们是乡愁的爱人

是集体的皈依者

他们穿过市场邂逅金色的施法者

从此开始一段奇缘

开始将自负的福山逐出讲坛⑤

让历史重启大幕

可是当讨厌的暗疮在纱幕后面现身

莽撞的眼睛闯下大祸

我们还没准备好

心就像箭靶

被猝然洞穿

我们该转过头去

想想那些令人愉快的事情

躲进夜晚反刍干缩的宿命吗

甜美的生活就在身旁

肮脏的笑脸也在身旁

我们还没有准备好

用牺牲去冒犯大家

承担愕然与愤怒

还有伙伴们的不安

（那个矿工的女儿坠楼而亡

你阳光般温暖的馈赠无法为她输血

贫困而又堕落的青春

一代少女在穷苦中腐烂了

在灯红酒绿中撕碎歌声

满天的细屑掩埋笑脸

你救不了我，叔叔。她说

她的大眼睛平静得像冬日的湖面）

你会因此放逐自己吗

你是这样离弃我们的吗

你准备好了吗，兄弟

十三

又起风了

辛辣的松针落了一地

橡实，坚硬而又涩重的秋天

像一场铺天盖地的冻雨

其实风就像时光

敲打并摇撼我们

想要把我们连根拔起

可是反抗时光的暴政

我们该做些什么

该举证哪些理由

该为失败做些什么准备

是的，我们无法回答

但也无法脱身

从无望的爱情里
从创造的火光中
从懵懂迷狂的生命深处

是的，我们的微小
和我们的浩大
同样令人无措

站在黑暗里
智慧只照见了身旁的一小块地方
站在风中
我们只守住了几十年的执迷
也许并非贪恋生命
只是不甘死亡
可是可是
死亡一直和我们同在
像埋在我们身体里的一句暗语
预置好全部的不安和激动
全部的爱情和怨恨
是的，死亡是从午夜发出的一个命令

在它不舍昼夜的追击中
有一种冷酷的仁慈
让我们和火把
和忘情的呼喊相遇
没错，只有疼痛才能填满虚空
只有疯狂才能战胜恐惧
只有牺牲才能超越悲剧
只有爱情才能灼伤死亡
是啊是啊
死亡和虚空逼迫我们
成为好样的过客
成为夜空中绚烂的烟火

你接受这样的结果吗
在飞翔中成为被风撕脱的羽毛
在爱情中成为一个被夜晚隐藏的眼神

十四

兄弟，已经是第四天了

积雨云统治着这个下午

我没有向导

冥冥中希望神祇引导我

（基督说：我就是道路

这感觉多棒，坚定得就像个恶霸）

希望命运完成它的承诺

是的，这还不是结束的时候

死亡的微笑并没有带来和解

我们那么多的惶惑

并没有在新的海拔上奉献迷途

并没有在混沌的爱情中找到更多的光亮

并没有为自己找到一个漂亮的死亡方式

宁静而又饱满

就像谷物死于秋天

就像水死于大海

就像山死于峰顶

是的，我们无法接近

那种光明之死

像爱人无法接近爱情

是啊，我们是多么悖谬的一代人

物欲的舌尖搅动黑暗的糖浆

而眼睛，鸥鹭一样冰凉的眼睛

冻结所有时间

冻结琥珀年代里的所有生命体征

我们打开了所有闸门

却不知向哪里奔跑

啊啊，我们是人马座下的

一群双头少年啊

一边肢解自己

一边缝合道路

被不同的渴望逼得发疯

从而失去安宁
失去持久快乐的能力
这是你的故事吗
你终于惊恐地看见自己疯了
（赫索格的从容是哪里来的：
"就算我真的疯了，我也不在乎"）
只好在自毁中溺死自己
终结这毫无逻辑的一生
真是这样吗

十五

为什么生命是热的

像一杯暴露在风中的温水

为什么心智是冷的

像一块浮在血海上的冰凌

衰老和疯狂一起截杀我们

让一切努力半途而废

为什么历史不能像一个聒噪的先知

当我们无力抵御愚昧的袭扰

在古老的陷阱前跃跃欲试

就跑出来鞭打我们的蠢行

为什么足球场上几万看客

如醉如痴地守着一场没有进球的比赛

而所有哭喊和欢呼都将撞上红牌

哨声短促

沉寂悠长

呵呵，为什么发明越来越多

创造越来越少

为什么书籍越来越多

思想越来越少

为什么媒体越来越多

表达越来越少

为什么道路越来越多

到达越来越少

为什么权贵越来越多

权威越来越少

为什么速度越来越快

时间越来越少

为什么世界越来越大

天地越来越小

为什么爱人总是新的

爱情越来越老

为什么

为什么

十六

丹阳去了林芝

你们短暂的蜜月留在那里

林海和雪白的溪涧

还像十年前那样歌唱

他不会在那儿，她说

可她只能去那儿找你，

和万劫不复的爱情

是啊，我们就这样走远了

沉醉、啜泣和无声的笑脸

都遗失了

我们爱过的时光

有多少还能带在身上

有多少还能从今天的笑容里向外彼此眺望

她老了，鬓角的白发像一段极昼
发出惨痛的光芒
那一刻我真想抱住你们两个
抱住我们正在飞速坠毁的青春岁月
痛哭能让这苦难的心魂变得沉静吗
死亡能让这慌乱的生命走向澄明吗

十七

第三次看见那丛石笋了

阳光下突兀而又狰狞

迷路，像命运中的一个咒语

锁定我们的记忆和眼睛

是的，没有人会永远得到亲吻

得到笃定的指引和友善的手指

就像雷击木无法永远得到火焰的树冠

可是，我们需要野罂粟的灯盏

我们说：要有路

于是就有了无数条路

就有了这一生的渊薮和债务

啊啊，人类多少个惨烈的一生叠加在一起

只是为了完成一次迷失

让我们像阿伦特说的那样靠在一起吧[6]

围成黑暗时代最紧致的人群

我们吻彼此的脸颊吧

吻这落魄的表情

吻这在剧痛中疯长的花朵

啊，这灾难中拥挤着的小小的亲密

我们用它来喂养爱情吧

再用爱情喂养希望

喂养虚无中刚愎的持守

啊，我的一生

我们的许多个一生

尽头没有故园和锦标

只有脚步

只有优美的（踉跄的？）奔跑

才会为我们定义时间的仁慈

定义我们忍耐的理由

迷路并不可怕

因为我们总是迷路

每找到一条路

都会丢失更多的路

这局促的肉身

这任性的游魂

这注定的牺牲与挥霍

这注定与死亡为敌的微茫企图

十八

当然我们被灾难告知

沿着自己无法走向自己

就像我们被黑夜告知

沿着清晨无法抵达清晨

为什么我们不让自己俯身在苍老的土地上

像托尔斯泰或是契诃夫

左拉或是罗曼·罗兰

鲁迅或是瞿秋白

在尘世的苦难面前学会谦卑

（当他们在伟大的绝望中垂下头颅

我们该用白色的虔敬保持沉默）

学会简单的热爱

从失血的文字中站起身来

在尘土飞扬的板房里栖身

在汗臭蒸腾的车站里过夜

在那些无告的痛哭中咬紧牙关

在这日益虚幻的时空里

我们还是要让血肉说话

让它嘶哑的声音在大地上爬行

是的，骄傲不该属于那些冰冷的智者

我愿意想象你在砾石和荆棘中行走

用鲁莽的血汗为自己施洗

为我们久旱的族群浇灌孱弱的花朵

是的，我们从上帝手里赎回自己的罪责

在肩膀上扛了近两个世纪

这是多么艰辛惨烈的旅程

在流布大地的血泊中

时空消失了

我们挤在一起

就像那些石笋

僵硬而又冰冷

为彼此的敌意惶恐不安

也许我们该扛下去

献出勇敢的肩膀
和不那么自矜的耶稣一起
和所有无声的承担者一起
扛起罪恶
寻找墓地

十九

这就是我来找你的原因

兄弟，你在受难中

我也是

我们大家都是

我们可以死去

但最好不要死于未被清洗的罪恶

死于污秽未消的爱情

死于昏睡的灵魂

我们可以死于劳顿

死于与无端敌意的对决

死于剪除罪恶时的疼痛

死于一次冒险

死于不堪重负

死于爱情的高热

死于长旅上的孤单

死于撞见绿洲时的狂喜

死于轻信

死于伟大的迷途

死于沉醉

死于面对浩瀚星空时的纵身一跃

死于裸露

死于少年的激愤

死于偏执

死于倾尽所有的馈赠

死于委身苦难

死于荣誉的荆棘

死于始料不及的牺牲

死于比自己更大的爱

二十

啊啊，你在目光的那一头，兄弟

在我的罪孽必须翻越的另一边

在那座山崖的后面

在那片黄叶耀眼的坡地

让我看见你疲惫亢奋的眼神

看见你的背包和诡异的笑容

看见大滴的汗珠在你的额头上闪亮

兄弟，我打算把自己交到你手上

接受灵魂的凌厉斩杀

或者把自己在犹疑和错乱上钉死

血水不是圣河

但我们施洗

竭力从罪恶中脱身

在死亡的诚意中培养生命

在静默的长旅中远离混沌

（我们这个年轻的物种

还没有找到对付自己的好办法）

兄弟，别把山当成迷途者的墓园

在登高的美妙移动中

一点点靠近更高处的自己

是一件多么了不起的事

一步一步

在岩石和体重的挤压中逼出力量

这有多好

是的，山在吞噬我们

用看不到尽头的山峦凌辱我们的野心

但这是所有暴力中最不辱没我们的一种了

它抵住沉默的脚趾

坚硬的托举中有一种深切的怜悯

这是我们能得到的最好礼物了

沿着它找到一段沉重致密的时光

找到动乱深处绵长的安宁

找到你惨痛优美的命运

是的，兄弟，我来找你了
或者在狂躁的山风中与你默然相对
或者在死亡的光明里与你相视而笑

（想起丹阳的眼睛
在春天的流光里闪动
紫丁香的星星
爱情的轰鸣
让我们醉得步履蹒跚
生活可以是美好的
在那些混沌和迷乱之后
是吗，兄弟
当我们简单而又坦白
当我们像阳光挑剔而又包容这不堪的土地
当我们站在夜的边缘，审慎而又踏实
不被疯狂诱惑
不被愤怒烧焦
就这样一边赶路
一边笑出声来了）

是的，兄弟，我来找你了
有乐声远远地升起来了
火山岩还有孱弱的树木
哭声和我们的血肉
一起发出光亮

看见你了
我看见你了

看见你了
我看见你了

【注释】

① 大卫：以色列的第二任国王，《圣经》中的少年英雄，曾经杀死侵略者菲利士巨人歌利亚。

② 该亚：希腊神话中的大地之母，她生了天空和天神乌拉诺斯、海洋和海神彭透斯、山脉和山神乌瑞亚。并与乌拉诺斯结合生了六男六女，十二个泰坦巨神、三个独眼巨人、三个百臂巨人。她还与彭透斯生了五个孩子分别代表不同的海洋。

③ 汉尼拔：北非古国迦太基著名军事家，在历史上著名的布匿战争中率大军翻越比利牛斯山和阿尔卑斯山进入意大利，多次击败罗马军队。

④ 萨列里：与莫扎特同时代的杰出音乐家，在许多传记和戏剧电影作品中被描述为痴妒莫扎特的音乐天才，处处刁难阻挠其获得更大成功的小人。

⑤ 弗朗西斯·福山：美国日裔学者，所著《历史的终结》讨论各种意识形态和社会政治制度消长，曾引起广泛关注和批评。

⑥ 汉娜·阿伦特：20 世纪最具原创性的思想家、政治理论家之一，原籍德国，纳粹上台后流亡美国。

日常生活

　　索尔·贝娄说：爱情是灵魂的
债务。其实反过来说也可以，灵魂
也是爱情的债务。这种难以厘清难
以清偿的债权关系将和我们纠缠一
生。这几乎是一种拯救式的纠缠，
没有它的袭扰，我们的账户余额里
剩下的只能是浮尘蔽日的日常生活。

一、2015年5月6日
夜半，被风雨声惊醒，好像是春天第一场声势浩大的雨。

午夜，春天终于来了

风雨一阵紧似一阵

鲁莽的过客

想要带走什么

上一个白天

你在城里四处游荡

穿过高架桥

和一份文件一起

去找一个能签下名字的人

战争结束了

在很多橱窗里

你看见尤利西斯忧心忡忡的脸

被成堆的水果掩埋

那些街区和岛屿

那些迁徙和征伐

从编年史中出逃

远离回家的航路

他和屈原擦肩而过

在都柏林街头

被一股古怪的异香弄得头晕目眩

街角的旧书店收留了他

仿佛是一个华服的门童

从绣像本里踱步而出

峨冠博带

落英缤纷

街心花园又变小了

孱弱得像一个盆景

像是枯瘦的秋天

那里曾有大片的丁香和波斯菊

容留每一个满怀异香的亡魂

但是你终于走投无路

终于无法找到签收文件的人

你渴望堵车

或者路突然断掉了

一个突发事件

让你躲开终点

躲开无语的门廊

和一张不属于你的床

但是春天还是来了
怀抱着一堆夙愿般坚硬的沙子
扑面而来
你看见它
明白流亡和迁徙都将止于半途
只有夜晚才是终点
或者，只是一个可以被命名为终点的终点

二、2015年5月21日
上海，在和平饭店喝了一杯咖啡。

走进门厅
黄铜色的时光沉降下来
我感到安宁
感到那些碎玻璃一样的时刻
都温润如玉地回来了
是的，时间有时如此仁慈
并不总是送我们去骸骨森森的墓园
她回来的时候
脸上的光泽

象牙似的幽暗而又温暖
她带着那些好人回来了
英勇的人
美丽的人
优雅而又慷慨的人
是的，他们又聚在一起了
笑声就像轻启香槟的声音
轻快并且干脆
是的，他们知道
枪炮声和叫骂声
都会消散的
所以不必向时光寻仇
不必弄脏记忆的城堡

后来我坐在窗边喝咖啡
看着外面匆匆走过的人群
旅行者在拍照
短裤和花衬衫
像是嬉闹的鬼脸
街上有很多鬼脸

看见我时多少带着一丝诡异

呵呵，我是不是被当成一座高浮雕了

正在黄铜色的时光中打量他们

那样也好

被凝视其实就是被祝福

他们出一会儿神

最好互相辩难一番

然后，释然地走开

三、2015年6月16日
宿醉未消。

夏天香艳而又肮脏

轻佻易腐的时间

清晨五点就爬上眼睑

斑蝥的长戟袭扰你

隔夜的啤酒倾覆你

手在床铺上搜索救兵

眼镜或者另一只手

但是它们都消失了

像是一个天大的秘密

把自己藏起来了

这真恶心

马桶的颜色也是

宵夜一下子冲了出来

从幽闭的隧道里

烤肉和生蚝夺路而出

宿怨未消的味道

僵尸还魂的味道

吞噬了你

是啊，一个满腹心事的夜晚

没那么容易被消化

一个恨意难消的夏天更是

你吐个不停

放任食物逃亡

放任胃口和元气挥发殆尽

你回到床上

回到对它的托举的深深眷恋之中

嗯嗯，婚床产床行军床双人床河床吊床墓床……

看得出，皈依者不止你一个

远远的，在不知什么地方
你听见一个声音在呵斥自己
快滚起来，你他妈能从自己的懒惰里套现吗
嗯嗯，最早醒来的总是新鲜的恶意
这没什么
能叫醒沉睡者的自然是危险之物
这是你的早餐
是喂养你的东西
敬请善待
并以感激之心接受它的体罚

四、2015年6月17日
堵车。

下午三点，车堵在威海路上
一条毛细血管突然栓塞
小小的不适又来跟交警捣乱
天很热
电台里说要到周末才会下雨
一次会议被取消了

一些决定被延宕

天知道是好事还是坏事

权力被绊倒的时候

摔碎的也许是一次看不见的灾难

好吧，你做了决定

干脆得像一把刀子

但只能做极其微小的切割

只能了断自己的犹豫

还有那么多决定

等待其他的神经元或下丘脑

像洋流中的鱼群

被恐惧裹挟

被古老的预置程序牵引

浩荡而又盲从

你的理智和荣耀

在洋流狂暴的怀里

挣扎着发出尖叫

还是在一次毁灭的高潮前

沉迷地昏睡

但昏睡还不是最可怕的

我们都被医生发现了

脸、性腺和所有足以致命的部位

你要当心

他在电台里说

你被惊醒

从蒙昧中半信半疑地起身

你要当心

一道橙色警报

自宇宙深处迅疾地飞来

总有个什么地方

总有很多地方

一些裂隙徐徐盛开

你要当心

你要当心

五、2015年6月17日　闷热

莫名狂躁，事后感到羞愧。

错过午睡，脑袋里满是比例失调的砂浆

空气像米汤一样黏稠

离我远点，你说
女下属的脸红了
隐忍让那些皱纹熟练地打转
算了，你声音低下来
她脸上的红色退得像潮水那样快
留下青白的沙滩
她一定也没睡好
从本世纪初开始
我们的夜晚就一直在追捕睡眠的路上
你想自己欠她一个安慰
就像有人欠你一样
但究竟是谁呢
混乱的债权关系
谁能厘清
谁愿意凝视并且抚摸它
看清其中的冤情
看清地球上最浩瀚的迷宫
像一个伟大的失败者
充满诚恳的痛楚与温柔
你愿意像他那样吗

无声地垂泪

哀怜地看着自己

和所有面孔模糊而又憔悴的人

六、2015年6月21日　父亲节
早晨，还是父亲先起了床。

早上六点，父亲蹒跚起身

你听见他在卫生间里喘息

然后拖着一条腿沉重而缓慢地

向厨房进发

那条腿已经八十岁了

或许更老

时间并不是一趟匀速开行的列车

在某些路段它遭遇战争或灾难

一个不小心就冲出路基

那条腿出血了

一截断骨唐突地出门

不知所措地撞见

一支亡命的箭矢

射中了他

父亲，和他的隐忍一起

走过一生

现在他走向厨房

想去给你做早餐

早上六点

房间里寂静无声

所有发生的故事都被遗忘了

所有爱的飞絮沉积下来

让那条腿愈发沉重

在这个冷清的早晨

在地板上留下

模糊而又滞重的擦痕

七、2015年6月26日　阴有小雨
　　　股灾来了。

这一天，初夏沿着K线急坠

一路上听得见风声

山山水水

真切得像第一次出差时住过的酒店

酒吧里健力士一样黑色的眼睛

一闪即逝

终于坠入一片虫豸飞旋的湿地

绿色的汁液

沿着血管快速回灌

你看见有人惨笑

在电梯间呕吐

在一个迷局中收获亲历的颤抖和喟叹

但这个游戏足以撼动真身

摧毁几十年的功德

不同于一个灾年

可以靠忍耐或乞讨

艰难度日

或者从睡眠中绕行

不，这是一场战争

一场假手庄家自我讨伐的杀戮

是的，财富总会离你而去

无论挥霍还是窖藏

始终在背叛你

背叛你的贪婪与梦想
你有时祈祷它能够休眠
在你不安的胃里安睡
但是另一串祈祷总是打断它
远远的钟声，和
街上的喇叭声和惊叫声
叱骂声和哭声
厮打声和呻吟声
亲吻声和雷雨声
……

声声入耳
生生不息

八、2015年6月27日　凌晨
下夜班了。

凌晨，愉快的夜风在办公楼外等你
像一双异性的手
小心地探问你的体温

你想说谢谢

想说夜班很好

总是带着一点神圣的感觉

在别人沉睡的时候工作

在别人失眠的时候工作

真的挺好

你感到安宁

感到怨恨和喜悦都放慢了脚步

甚至灾难也在踟蹰

时间终于有机会找到自己的初衷

让那些疲惫的生灵

在大地上安睡

直到元气再次回到身体里

再次被饥饿叫醒

重新投入代谢和生长

但是你醒着

像所有目击者一样

被一个好消息劝慰

在灾难粗糙的边缘感到它也会衰竭

你发现某种仁慈已经安抵

大部分沉寂的窗口

并且断定

它们还会醒来

九、2015年7月1日阴

醒来之后，躺在床上看盐野七生的《罗马人的故事》
第二卷。

你又一次被盐野七生堵在床上

是的，你什么都没干

只是在这个平淡的早晨

为复发的衰竭感到羞愧

没有边境沾染血污的战报

甚至连边境都消失了

世界的版图超越所有罗马人的想象

于是想象干缩

陈旧的血液开始乳化

像是皇帝信封上的火漆

封存了一个秘密指令

所有部队都被囤积在历史中

所有英雄都被浇筑在金币里

那些城垣、水渠、浴室和斗兽场

在旅游目的地被泡在好奇的药水里

像它们生前那样活着

但是那个日本女人来了

一个瘦小唐突的信使

用十五架投石机

轰击我们

宽刃的罗马剑和头盔上的羽毛

毁掉一个被无限复制的早晨足够了

但是之后该怎么办

这场战火会向哪里延烧

哪条大路通向罗马

如果光荣不能驱策我们

惊恐是否可以

走上一条莫测的逃亡路

并且胡乱地挥舞手中之物

忙乱地砍杀或撞击

或者错杀敌人

或者错杀自己

十、2015年7月13日
出差去贵州黎平，采访一个志愿者项目。

开始时高铁用忘我的奔跑

穿越数不清的隧道

然后是一辆半旧的中巴

喘息着在山路上蹒跚

下午五点，铜关村

终于在暑热的尽头现身

博物馆像一个错嫁的新娘

光鲜而又羞赧

那些年轻的面孔

像七月里刚刚结实的葵花

泛着鲜嫩的光芒

美丽的银饰一直在低语

直到大歌响起

农人们在歌声中攀缘穿梭

自由开朗的爱情

在碎石坡和手帕般大小的稻田里嬉戏

阴郁的菌子躲起来了

拇指粗的小花蛇躲起来了

连空空的锅灶也躲起来了

这真好

一个城市来的女孩也站在歌队里

一身漂亮的侗装

和同样漂亮的笑脸

一片年轻的银子

镶在山乡的胸口上

闪啊闪的

重获新生的发光体

爱上寂静的辽阔

爱上长夜的澄澈

爱上山岭的艰涩与光荣

十一、2015年7月24日
妈又住院了。

车子在高速路上喘息

柏油路面刚刚被雨水冲洗过

清洁得像是十七岁的早晨

植被喧闹起来
能量的气息带着一点酒味
让你和车轮一起无法安宁
母亲的病房在路的尽头
空寂得听得到来世的声音
妈妈，你变得这么瘦小
岁月挥发掉了很多东西
母乳的气味，和
找不到标记的泪水
除了输液
找不到别的东西
置换时间之熵
好在葡萄糖很有耐心
从下午到清晨
一滴一滴
像念珠那样彼此穿连

十二、2015年8月1日
看了会儿电视，怎么他妈这么多真人秀啊。

周末，真人秀在所有时段拦截你

实名制被吵闹着转卖了

那么多档口

那么多好看的人

那么多轻贱的歌舞

你希望睡眠能放慢脚步

拖住抖动的衣角

在午夜到来之前

在白日的泡沫消散之前

在人群中端坐片刻

像一个笑话或神话那样

孤零零地成为公敌

时间被塞在泡腾片里

在很多水洼里欢腾不已

包括这里

焰火撕扯公敌的影子

比历史上的任何时候都更加轻狂

那又怎样
你醒着就无法入睡
除非死亡来收拾残局
就这样对峙吧
谁都无法把讥笑从你脸上卸下
像一副著名的残局
冥顽不灵地盘踞在街口

十三、2015年8月14日
天津滨海新区危险品爆炸第三天

战争的第三天
天津依然被炮火笼罩
很多战士死去
很多战士受辱
很多战士茫然无措
战线被朋友圈弄乱了
芜杂不菁的喧嚣
不断燃爆
你感到愕然

那些美丽的焰心

明黄色的

仿佛来自一个王朝的早晨

或者另一个王朝的黄昏

好吧，兹事体大

我会在 72 小时之内保持沉默

不管发布会上发生什么

都不会哭闹

我要等待

灰烬告诉我们的另一些事情

十四、2015年8月17日
平常的一天。

沉默像一床被子

比夜幕更辽阔

比墓穴更宽容

我的胆怯和羞愧就埋藏其中

本来它们只想小睡片刻

躲过阳光最狂虐的时辰

就像周末躲开工作

毫无野心地蛰伏

昨天安全

今天安全

要担心的只是明天

是的，这是唯一的赌局

小小的赌局

一些声音消失了

飘落在墓床上

和那些随葬品一起

成为多年以后的咒语

我能做的只是记住空调统治的冬夜

记住被子的厚度

记住不动声色的羞辱

记住蓄意自毁的日子

十五、2015年9月1日
路上突降暴雨。

暴雨砸下来的时候

我正在一串红灯前的车流里轻轻颤抖

发动机大概有点老了

十五万公里像是一座山岭

跨越之后就开始下滑

雨倾如注

雨刷器徒劳地来回折返

能见度依然是零

我开了雾灯

像在爱情中习惯的那样

走上迷途

当灵魂不再亲密

思想的冰雹开始涂炭生灵

你好吗

孱弱的问候就像卑微的雾灯

你好吗

你是雨脚后面的哪一张脸

雨太大了

天地间一派激愤之声

我不知道该迁怒于谁

也不知道该移情于谁

这场雨和红灯一起

拦截我

我只能等待

雨住云收

你的脸从车窗上显露出来

十六、2015年9月12日
天津滨海新区爆炸一个月。

遗忘是一件预置程序

用来清理行囊

大部分时间

遗忘是邪恶的

就像今天

我们忘了那么多人

死了一个月了

他们死于狂躁的危险品

死于定期卸载的系统设置
现在他们又死了一次
我们的情感、理智和道义一起哗变
同时抛弃了他们
报纸、电视和习惯吵闹的互联网
同时抛弃了他们

一场恶疾如影随形
我们的存储器太小了
而明天那么多
淫邪的食物那么多
以代谢的名义
我们吐出无法消化的东西
然后感到轻松
感到系统运行的速度真的变快了

十七、2015年10月3日

难得的假期。

假期催化的主要是幻想

关于休息和自由和游乐

这些被锁在收藏夹里的东西

终于可以出门

伸伸懒腰

打量上午九点的太阳

踩踩脚下的影子

感到真实的幻想

真的真实

高速路上车辆多于平日

正是东北最好的季节

层林尽染

植被在休眠之前

展露了它们最灿烂的一刻

而在遥远的故宫

一个更遥远的集市人声鼎沸

清明上河图来了

时隔千年

人群仍然是最恒久的安居之所

那些叫卖声

那些喜气洋洋的礼赞

那些酒肆里不绝的歌吟

都被记忆收藏

被我们想象和依偎

拓印，一张张残片

一张张时光盛宴里

不变的食单

十八、2015年11月7日　烟霾
看见两双著名的手握在一起。

两双著名的手握在一起

被闪光灯瞬间孵化

于是无数只手就那样握着

在媒体网络上长久地僵持

在历史的沟壑上无声地盘旋

血污和血脉都曾被质疑

王朝的疆域

像大地上的河床

被不同的愿念冲刷

直到找到最美的路径

涵养无数生灵

但此刻是美丽的

紧握的手

抱拢的翅膀

可能的飞翔

十九、2015年11月14日　巴黎　巴黎
恐怖袭击本年度第二次造访巴黎，14人死亡。

九年前我在第三区

一间破旧的小旅馆里

一只关不紧的水龙头呢喃了一夜

凌晨四点

厮打和叫骂声敲击石子路面

我推开窗子
像左拉那样看见几个黑人青年
在笨拙地打斗
是的，巴黎从来不缺少混乱
她用娇纵的姿势抱着那些浪子
像是恶棍的情人
容留丑陋的种子
但是那些淡妆的女子仍在浅笑
那些诗稿和绘画仍在值守长夜
用最脆弱的眼睛看见
用最淡漠的沉痛忘却
子弹和鲜血
子弹和鲜血

二十、2015年12月13日
在网上看到一段视频。

我看见卷福
在朗诵一首淫荡的歌词

噢啦啦

他轻巧地踱着步子

既不古板又不轻浮

显然他知道得体的意义

和公共关系脆弱的逻辑

就像我们知道

窘迫的沉默

也比袒露空虚好得多

但是曾经有过更好的人

郑重、风雅、敏感多思

就像劳伦斯·奥利弗

还有基斯洛夫斯基和安哲罗普洛斯

这些优美而又忧伤的人

都去哪儿了

世界是平的

这真晦气

他们都被大洪水冲走了

这真晦气

人从来没有像今天这样宠爱自己的愚蠢

我们没有死于战争

没有死于性和毒品

却将死于无节制的自我宠爱

死于隐性的内驱力

死于惊喜连连的用户体验

我们把钥匙交了出去

古老的程序瞬间激活

他们接管了游戏

基因的暴政

从网络出发

横扫所有域名

一个漫长的冬天开始了

不管逃到哪个纬度

怕和爱都在追捕

如影随形

是另一个你

在追逐和催促

并且降下刑罚

二十一、2015年12月31日
又一年过去了。

咣的一声
敞开还是关闭
门自己没说

迈开脚步
是远行还是归来
你也没说

上帝视角
是在平流层之上的什么地方
上帝也没说

好吧，生命卑小
朝菌不知晦朔
人啊，在岁月中丢了罗盘
在历史中失了星座

好吧，新年就是一树新的果子

多汁的果肉抱着几枚古怪坚硬的魂魄

在轮回中被大地蛊惑

穿了件崭新的衣衫

创作谈

同样，前辈们的伟大爱情并不能成为我们不爱的理由，相反，它们是一种基因般无法剔除的传统，是一支可以无限绵延的生命之歌。

大地上可有尺规

一、一个或无数个问题

又一个秋天来了，时间被快进键抽打得越来越慌乱，而作为写作者总是企图停留，企图在斗转星移间发现或辨识出某种甜蜜或闪亮的东西，某种我们身处其间的意义。但最近几年，一个以往经常面对的问题发生了一点变异。以前总是问自己"为什么写作？"这些年这个问题变成了"为什么还要写作？"看似只多了两个字，但是这两个字背后藏着陡然增多到无法计数的为什么。是啊，为什么还要写作？首先是写给谁看。年轻人在房价和就业的高压之下每日所需的镇静剂和安眠药好像是手游和抖音这样的速效药，如果不是休了一个年假或是病假，他们有多少可能关掉手机拿起一本书，或者在微信的订阅号里为一首诗花十分钟默读，再花十分钟沉吟？油腻的中年更是前不着村后不着店，油腻是油腻者的护身符，崩溃是崩溃者的报销单，财务自由的有无数美妙之路和财富一起携手徜徉。更可怕的是同样从事写作的朋友，这些年见面常见的戏码也是觥筹交错，偶尔聊聊写作都心不在焉，好像在谈一桩隐私。我们号称是灵媒，但是自己有多少时间是和灵魂一期一会的呢？日子就这么过下去，真的应了海德格尔的话："贫困到无法感知自己的贫困"。是的，我们禁声，同时也把心里的枝枝蔓蔓清理干净，为日后的长眠做好准备。也许我们可以寄希望于老年人，那些有退休金的、身体不好不坏的、年轻时有阅读习惯的老年人。他们开始回顾自己的一生了，在清理和总结，这时候灵魂应该是在场的，为什么要活着？这辈子找到答案了吗？自己能打多少分？值吗？跟一个被死亡叫醒的灵魂对话会有什么发现？是用彻底的贫困将一具即将注销的遗体遮掩得严严实实？还是用人们突然被照见的内心空洞鞭挞迟归的灵魂？那种被叫作安魂曲的音乐是献给谁的？谁有资格领受？谁是作曲家和演奏者？它真的能给灵魂以安慰吗？被安慰的灵魂有机会感受到宁静和喜悦吗？这种喜悦能通过写作这样的行为获得吗？好了，问题太多，以至于答案都被吓跑了。

写作一直是个寻找答案的过程。"活着还是死亡，这是个问题。"这个问题后面还跟着无数个问题。陀思妥耶夫斯基追问人因何获罪，托尔斯泰探索人怎样得救，海明威试图说明一个人如何在失败中成为英雄，马尔克斯想弄清拉丁美洲为什么孤独，加缪的问题又回到了原点：人为什么不自杀？然后鲍勃·迪伦说：答案在风中飘。当然，想想伟大的屈原，173 个巨大的问号悬在他的头顶，那他的夜空里飘的是什么？大概是燃烧的流星雨，那些亘古不灭的疑问被人类的智慧所点燃，也给人类智慧留下了累累伤痕。所以一个中国作家说了句非常有穿透力的话："作家就是要奉献自己的迷途。"这个作家叫史铁生，是少数能在存在意义的层面进行发问的中国作家。

作家的迷途对普通人来说有什么意义呢？

"我什么都不是。这天晚上，我只是咖啡店露天座上的一个淡淡的身影。我等着雨停下来，这场大雨是于特离开我时开始下的。"这是莫迪亚诺《暗店街》的开篇。小说里失忆的主人公用私人侦探的方式寻找一切机会修复个人历史和身份。这是一段惊心动魄的历程，也是一个巨大的隐喻。"认识你自己。"从来就是贯穿一生的使命。

对迷途的确认是自觉人生的开始，但自觉人生往往伴随更大更深刻的痛苦。是啊，你可以不必执迷自己到底是谁，不必纠结从哪里来到哪里去，因为无论是谁都无法在生死判决时赢得豁免权，无论从哪里来到哪里去，这间客舍都只是一个小小的驿站，时间到了谁都一样买单走人。痛苦的意义在哪里？也许你在痛苦中可以看见一些东西，比如自己是在啜泣还是嘶吼，是曳尾于途，还是纵身一跃，抑或坚忍地待机求变；是在艰困中时刻保持体面不失尊严，还是鼓腹而游漏船载酒。你看到了你的选择，也就看到了你的边界，看到了你自己。这算是收获吗？应该算，因为你发现一种规定性潜藏在命运深处，它通过苦难的摧折显露真容，就像没有大爆炸就没有宇宙一样。陀氏有言："我唯恐自己配不上我所遭遇的苦难。"这说的是苦难是一座星形广场，也是一次出发的机会，站在广场中央你可以选择不同的出口，走向不同的命运。但是一切选择在此之前已经预设，早有一套价值约定埋藏在你的血液里，它一直在等待机会，等待命运的枪声。

而作家的使命之一就是找到这种规定性，并且梳理它的内在逻辑，发现其中美的和善的动机，在它们奔赴自己的前路时给予可贵的声援。像霍桑在《红字》中做的那样，让蒙冤的红字在苦难中淬砺磨洗终于展露光华。这就是救赎，就是人在命运展露真容时赢得属于自己的光荣。

为什么还要写作的另一个关隘是哈罗德·布鲁姆所谓《影响的焦虑》，没错，每一个有志创作的诗人或作家都会面对伟大前辈的事实上的压制。在这方面海明威是好样的，他发誓要用自己的小说干倒司汤达、莫泊桑和屠格涅夫，事实上他也确实干得不错。但这其实也是焦虑的另一种表征，不焦虑怎么会有斗争。事实是伟大的作品已经太多，如果从要干倒谁为起点，这个创作之旅是相当危险的。如何养得"不恨古人吾不见，恨古人不见吾狂耳"的浩然之气？我没有答案。但是王小波用另外一种方式帮助了我，他说："在我看来，春天里一棵小草生长，它没有什么目的。风起时一匹公马发情，它也没什么目的。草长马发情，绝非表演给什么人看，这就是存在本身。我要抱着草长马发情的伟大真诚去做一切事，而不是在人前羞答答地表演。在我看来，人都是为了表演，失去了自己的存在。"说得对，写作虽然有表演和呈现的动机，但它首先是存在的一部分，就像爱情是生存的一部分。只要生命继续，爱情就会发生，就会有歌声或啜泣为它代言。爱情是生命的症候，而写作是爱情的症候。爱情有其对象性，但也可以不依靠对象而存在。暗恋是爱，失恋也不意味着爱情就此消失，而且可能意味着更伟大更独特的爱情由此诞生。同样，前辈们的伟大爱情并不能成为我们不爱的理由，相反，它们是一种基因般无法剔除的传统，是一支可以无限绵延的生命之歌。

二、贫困时代长什么样

荷尔德林《面包与酒》中写道：
待到英雄们在铁铸的摇篮中长成，
勇敢的心灵像从前一样，
去造访万能的神祇。
而在这之前，我却常感到，
与其孤身独涉，不如安然沉睡。
何苦如此等待，沉默无言，茫然失措。
在这贫困的时代，诗人何为？
可是，你却说，诗人是酒神的神圣祭司
在神圣的黑夜中，他走遍大地。
显然，在荷尔德林眼里，诗人（或者诗歌）和贫困是一种互为对象的存在，而这种对象性亦即神圣的缘由。
然而何为贫困呢？贫困的诞生和对世界的统治是从什么时候开始的呢？

按照海德格尔的说法是因为上帝和诸神的退隐所造成的意义和价值体系的崩溃。他说："夜晚到来。赫拉克勒斯（Herakles）、狄奥尼索斯（Dionysos）和耶稣基督这'三位一体'弃世而去，世界时代的夜晚便趋向于黑夜。世界黑夜弥漫着它的黑暗。"而且"世界黑夜的贫困时代久矣。既已久长必会达到夜半。夜到夜半也即最大的时代贫困。于是，这贫困时代甚至连自身的贫困也体会不到。这种无能为力便是时代最彻底的贫困，贫困者的贫困由此沉入了暗冥，因为，贫困只是一味地渴求把自身掩盖起来。"

必须承认，进入海德格尔所描述的这个由于已经溃散的价值体系所定义的贫困时代是有困难的。海德格尔对此早有准备，所以他在《诗人何为》的开端就丑话说在前面，"我们今天几乎不能领会这个问题了"。这确实是人类的大困境：由于认知体系的改变，我们无法体认我们缺失的东西是重要的和不可或缺的。那么，在现实中这样的认知缺失和对于贫困与否的辩难是如何呈现的呢？

前一段，"知识分子"许知远因为在《十三邀》中和马东的尬聊遭到了社会舆论潮水般的讥讽和耻笑。出于好奇，我特意在网上看了这期访谈。在许知远关于"我们今天的文化是否日益粗鄙化"的问题面前，马东气势逼人地反问"我们曾经精致过吗？"并看似有理有据地论证从来都只有 5% 的人有积累文化了解历史的愿望，普通人的趣味（娱乐）从来没有变过。显然，对于这个问题马东是有准备的，但是他言之凿凿咄咄逼人地给出的判断却触目地托举着一个常识的错误：在"凡有水井处，皆咏柳词"的年代，"今宵酒醒何处，杨柳岸，晓风残月"

能不能用精致来指称呢？我们今天举世激赏的大宋文化中的诗词书画茶道瓷器，哪一样不包含大量的民间创造？《儒林外史》中也有对明金陵城里两个挑粪桶的忙完生计相约去永宁泉吃茶雨花台看落照的风雅瞬间的描写，令人禁不住赞叹"真乃菜佣酒保都有六朝烟水气，一点儿也不差！"奇怪的是马东的荒谬认知却成了今天的强势话语。黄钟毁弃，瓦釜雷鸣——这真的不是一个历史故事。更本质的事实是95%的人民群众的娱乐趣味虽然没变，但是舆论生态却大大改变了，由于互联网的加持，这个95%瞬间被凸显和放大，解放的狂欢秒变话语霸权，其对精英主义的压制和凌虐几乎将所谓知识分子彻底逐出公共视野。这种驱逐甚至可以从马东本人身上得以体察，虽然他对当下的文化现状表示"喜欢，喜欢，喜欢"，但在言谈话语间也透露了他较长的求职谋生过程中不断被"击碎"的经历，并坦承自己的精神底色是"悲凉"，也许正是这些历史教训，让他成了今天这个义正词严地捍卫"不精致"文化并靠着在工余时间打手游等点滴努力挤进年轻部落的明白人。我们并不贬低和否认人的娱乐本能，活色生香亦是人生的奖赏，但是用这种本能去贬损严肃的思考就是对大多数话语霸权的滥用。马东的问题是把所谓的5%和95%以及70、80、90年代绝对地对立起来，取消了对话的可能，当然这背后的逻辑是所谓的产品逻辑，就是要用某一种被刻意固化了的价值观和行为特征作为标签去取悦其所对应的人群，而在他们眼里，这个人群的首选就是90后，因为"年轻人的钱好赚"。这种任由社会部落化的后果当然就是取消共识，取消对话的可能，也取消了公共性的价值和意义。

长此以往,我们的社会就会分化成无数个互不关联的封闭角落,每个人都被锁定在自己的部落当中,用一些莫名其妙的标签去为自己求取存在感,并对其他部落嗤之以鼻。更极端的例子出现在《十三邀》对《吐槽大会》灵魂人物李诞的访谈中,这个成功的 80 后一边一脸油腻(是的,油腻岂止是中年)地看着可怜的许知远,充满同情地教导说"走心就是死",一边又满脸厌倦地说,"没劲,什么都没劲"。看到这里我突然有一种觉悟,许知远之所以遭到社会舆论(那个骇人的 95%)的集体挞伐,是因为他就是那个说出皇帝其实没穿衣服的孩子,只不过这一次没穿衣服的不只是皇帝自己,而是所谓 95% 的新时代的话语统治者。他们创造了一系列新的话语方式和语言系统,一言不合就群起怒怼,他们打扮得不叛逆也不时尚,而是既妖且蠢,就因为聚啸者众所以睥睨天下。他们言说的东西鸡零狗碎,但由于是用很多专属词汇编织而成,又多少显得有那么一种邪教式的诡异气场。他们仿佛是新时代的立法者,是残暴的大多数。这的确是荷尔德林和海德格尔包括许知远无法接受的荣景,也是马东和李诞无法感知的贫困,虽然他们心里明白,这一切没劲,真的很没劲。

多少有些令人费解的是李诞同时还拥有诗人和作家的身份,而且在我看来他的有些诗作还相当像那么回事,甚至他还说过"很奇怪有人年轻时没写过诗"(大意),那么就是说他曾经并且仍然保有对诗歌某种意义上的爱或者依恋,诗歌可能变成了某种类似树洞的东西,用来安放他的一己之私,但是无论在内心深处还是公共场合,他都没有尊重这个树洞,更无从弘扬和捍卫诗歌精神，甚至还公开贬损不遗余力，这真够分裂的，虽然分裂是我们时代的重要体征，但是如此左右互搏还是很难让人看清他的内在逻辑。是他认为真实的东西应该成为某种隐私吗？大概是的，所以他才说"我做不了我自己，做了自己我就完了。"而许知远也是因为没有有意隐藏自己的真实才被他讥笑，可能在他看来，许知远白白比他痴长十几岁，作为公共人物生存策略竟然还停留在1.0时代。可是，迭代真的是进步吗？

三、诗人何为

然而，诗人何为呢？

不得不说，诗歌的衰落应该由诗人负主要责任。海子之后，除了"我想和你一起虚度时光"和"穿过大半个中国去睡你"，还有什么诗句进入过公共话语吗？还有哪篇诗作帮我们更深刻地认知当下，更勇敢地面对现实和灵魂的困境，更彻底地批判和更深情地建筑？没有，虽然我知道还有为数不少的诗人在真诚写作，但都没有贡献戳破时代痛点的诗句，让无法感知贫困的公众似有所悟。太多诗人在口水和一地鸡毛的个人体验里打转，如同在酒席上装腔作势的骚客和在乡村集市里装神弄鬼的江湖艺人。也许是对公共性所隐含的话语风险太过明察秋毫，大家一窝蜂地向着私人空间迁徙，用各种语言把式掩盖内容的空洞。其实公共性是一座战场，脱离了公共环境的激发，个人体验是无法充分展开的，人性的秘境是无缘进入的，更无法升入高维空间去观察个体和环境之间的关联。《尤利西斯》用几十万字写布鲁姆和莫莉的日常生活和个人体验，但如果乔伊斯不用"尤利西斯"这个带着史诗信息的名字来命名，它还会是20世纪最伟大的小说之一吗？我们失去了思考的习惯以至于无法感知这种习惯的缺失了！

人是依托意义和价值而存在的生物，所以赫拉克利特才说"人居住在神的近处"，这是智慧的设定，也是"万物的灵长"所独有的属性。失去了价值和意义，一切就都变得"没劲"。这个没劲的历史动机，在海德格尔看来是技术主义，是无节制的祛魅和灭神，而今天又加上了一个新的魔鬼——消费主义。消费主义也可能是人文传统遇到的一个最难对付的甚至能够彻底摧毁或撼动精神免疫系统的"病毒"，而且很有可能，它已经修改了人类的基因排序，正在使人成为一个陌生的新物种。前面提到的李诞当面教导许知远"在自我里陷得太深，对读者极其不友好"，同时声称"我就想活在浅薄里，就希望活得流于表面，我希望给人带来快乐，不希望给人添堵"，这种所谓"友好"以及"带来快乐"的招牌后面其实是一种深刻的市场算计，是取悦消费者的商业考量。而这种商业考量在消费理论的层面已经繁衍出了一系列义正词严的强势话语。在这些话语面前，"真诚的批评"和"忠实于内心的自我表达"都像前世遗民的话语那样被冲撞和推搡，以至于很多人从自己的词典里把它们统统删除了。如此，关于贫困还是丰饶的讨论就真的需要一个新起点和新坐标了。但在这一切真正发生之前，歧路当前的诗人们即便不能"在神圣的黑夜走遍大地"，也应该参与到怎样让我们的生活变得稍稍"有劲"一点的努力中吧。

好的诗歌能够提供一种有益的精神向度和情感方式，比如北岛说"告诉你吧，世界 / 我—不—相—信"，那是昭示并带动了人的觉醒，梁小斌说"中国，我的钥匙丢了"是让怀疑作为一个精神现实得以呈现，海子说"黑夜一无所有 / 为何给我安慰"是说丰收后的匮乏可能才是永恒的匮乏。这才是真正的诗歌，是漫长而又疲惫的人类精神之旅中一些不时响起的呼号和歌吟。你能想象没有但丁和《神曲》，欧洲人用什么来确认经历漫长的中世纪之后板结的精神世界开始了一场剧烈的地壳运动？没有聂鲁达和《马楚比楚高峰》，拉丁美洲丰饶的历史和自然用什么样的语言宫殿来安放？没有艾伦·金斯堡和《嚎叫》和《卡迪什》，垮掉的一代何止缺了一份《共产党宣言》似的重要文献？至少等于还缺了一次伍德斯托克音乐节。所以曹丕说："盖文章经国之大业，不朽之盛事"，诚哉斯言，只是我们因为讥笑龙种投胎跳蚤，逃避着龙种的痛苦，幸福着跳蚤的幸福者久矣！如今我们或许是徒劳地试图拼接修复龙种的基因，从各种历史记载中寻找它的蛛丝马迹和死而复生的契机。但是物种灭绝源于生态灾难，而生态还能恢复吗？

其实就中国诗人而言，诗学的基因应该是很早以前就被修改过了。如您所知，先秦时期是中国智慧生活的黄金时代，彼时思想活力之奋张，思想取向之多元，思想硕果之累累不绝可谓前无古人后无来者。如果没有先秦时代的思想繁荣，百家争鸣这个词就不会产生——中正仁厚的孔子、耿直明理的孟子、兼爱非攻的墨子、恢宏浪漫的庄子和深邃玄妙的老子，这些足以和古希腊思想家媲美的思想巨子元气淋漓地呈现了一个蓬勃生长的智慧盛世。正是在这样的背景之下，屈原的《天问》出现了。"遂古之初，谁传道之……"这部上下求索神游八荒充满智慧张力的奇伟之作，灵光一现地给中国诗歌留下了一部尽显形上志趣的孤本。从中亦能看见一个与宇宙同构边界的、用浩瀚之迷茫和不竭之探索冲动共同构筑的精神人格。然而这种人格此后就绝迹了，虽然在陶渊明《形影神》、陈子昂《登幽州台歌》和李煜《相见欢》等"士大夫之词"中亦有宇宙人生之叹，但气势和格局已不能和屈原比肩。王国维说后主"俨有释迦、基督担荷人类罪责之意"，好像还是有点想多了。而这种"担荷人类罪责"并能从智慧和伦理等多重向度做精神担当的诗人诗作在漫长的中国诗歌史上真的是太稀缺了。中国古代诗歌总体上是一曲风光无限的尘世与自然之歌，无论是静安眼中的"昨夜西风凋碧树，独上高楼，望尽天涯路"的第一境界，"衣带渐宽终不悔，为伊消得人憔悴"的第二境界，还是"梦里寻她千百度，蓦然回首，那人却在灯火阑珊处"的第三境界，所表现的都是人世之俯仰山川之低昂。在为她的精美绝伦而反复吟哦赞叹之后，不能不说还有一种至深的遗憾，这堪称浩瀚的诗歌王国并没有达成"为天地立心"的使命，没有建立一个强大的精神传统，使其成为一个独立于尘世价值的平行宇宙，而这恰恰为后世之贫困埋下隐忧。荷尔德林说"人充满劳绩，但还 / 诗意地安居于这块大地之上。我真想证明 / 就连璀璨的星空也不比人纯洁 / 人被称作神明的形象 / 大地之上可有尺规？ / 绝无。"这首广为传颂的诗作笃定地宣称在人与神之间恒久存在的内在关联，神是人的尺规，是人之为人的内在禀赋，这种禀赋并不来自尘世，并不属于大地。这和屈原之后的中国人文传统大相径庭，巫楚文化在儒家定于一尊之后逐渐式微，"敬鬼神而远之""不语怪力乱神"成了中国主流文化的特征之一，以约束人伦为主要旨归的中国古典哲学是真正的大地上的尺规，它厚植了中国诗歌包括整个文学中的人间悲欢，也挤占了其通灵的空间和通道，这使中国诗学成为一种彻底的大地上的诗学。当然，这也并不意味着诗学的溃败，中国古代诗歌仍然是世界诗歌史上的一份极为重要辉煌的遗产，其花团锦簇的语言盛景之下，是中国诗人的人道传统和对光阴对山川风物对悲欢离合的极度敏感在支撑。

　　我还有一个纠结多年但百思不得其解的问题，就是在大致相同的社会环境里，为什么俄罗斯，特别是苏联仍能产生那么多伟大的世界级的文学家和艺术家，虽然意识形态的高压在某些方面甚至比同时期的中国更为酷烈，但像肖洛霍夫、帕斯捷尔纳克、巴别尔、曼德尔斯塔姆、阿赫马托娃、布罗茨基、肖斯塔科维奇、塔可夫斯基，包括梁赞诺夫这样具有绝对世界影响的巨匠还是不断地出现在苏联的文学艺术版图之上，并以极为深刻鲜明的精神印记向外界宣示了俄罗斯精神传统的强大韧性。到底是什么让他们能够保持精神世界的独立与恢宏？是什么让他们守住了人道主义的尊严和文学艺术独有的标准和价值？为什么他们在任何时候都渴望和自己的灵魂为伴？是东正教的传统让他们一直保有一个独立于世俗政权的价值体系？我没有一个足以令自己信服的答案。我只知道"独立之思想，自由之精神"是需要支撑的，需要有强大的精神资源，也需要有不断为之奋斗的个体实践。

四、情诗与备忘录

我的前两部长诗《耳语》和《未完成的安魂曲》都是各自用一年时间完成的。而《情诗与备忘录》则写了两年。当然和里尔克的《杜伊诺哀歌》和阿赫马托娃的《安魂曲》比耗时还是短的。写长诗实在是件极耗心力的事，很多时候你会明显感到你所需要的那种精神能量不在了。它不知所踪，但消失在哪个方向，怎么消失的全无线索。这时候你就又开始了那种令人恐惧的状态，烦躁，时时被无力感捆绑，经常突然灵魂出窍，好像似有所悟，但凝神细想又全无新意。常常怀疑自己还在做这种意义的追索是否有意义，这种试图对自己面对的时代有一个系统性辨识和认知的努力是不是妄想，是不是也应该接受自己也是这片时代的瓦砾间的一个无名碎片这个说不上有多丢脸的事实，是不是应该习惯思想和年龄必然同步腐朽这个"常识"，并在这个年轻人的主场里跟跄地学打手游学刷抖音以示自己一息尚存？还能牵着时代的衣襟往前再走几步？但是，但是那些占尽主场优势时时刻刻以追求快乐为号召的年轻人好像并没有真的快乐，他们仍然感到没劲，这里有没有什么本质的东西不对了？

我想最重要的问题是在新的话语系统中一些重要的常识被

轻佻地剔除了，这种轻佻来自于被新技术催生的对娱乐的过度追逐，和对繁难思维过程的拒绝，而影像作为新话语系统的重要介质很可能正在汰换人类思维的基础设施。我们躲避问题，而问题以雾霾的方式围绕我们，时时处处，挥之不去。所有这一切都在构筑话语屏障，阻绝讨论和交流，并宣称一切质疑都是陈腐的可笑的。因此突破话语屏障至关重要，说出真相和常识，告诉大家我们曾经精致，我们有过人类历史上足以自傲的过往，虽然任何时代都能找到一大堆触目惊心的槽点，但是这并不能说明人和他所创造的任何时代"都是一个德行"。设想一下，如果宋代的精致止于精英阶层，而没有社会氛围的广泛激赏，《清明上河图》、《万壑松风图》（巨然）、《溪山行旅图》（范宽）、《早春图》（郭熙）、《五马图》（李公麟）、《泼墨仙人图》（梁楷）、《千里江山图》（王希孟）能够在一个王朝里集中涌现吗？如果 15 世纪，文艺复兴只是佛罗伦萨以美第奇家族为核心的一小撮艺术家的沙龙活动，一场人类历史上的自我解放又如何实现如此丰富和坚实的呈现？且不说达·芬奇、米开朗基罗、拉斐尔、波提切利和多纳泰罗这些人的很多伟大作品本来就是教堂之类的公共建筑的一部分，具有百分之百的公共性。而如马东所说，如果莎士比亚真的就是那个时代的刘德华和周杰伦，那也只能说那个时代是一个精神高度更加令人叹服的时代，它的精神气度极其强大，高度开放，勇敢到敢于面对自己的罪恶和残缺。它是进取的时代，自我怀疑和批判并不导向虚无和没劲，而是为了更深刻地认识自己。这些难道不都是常识吗？不是 5% 就不该了解历史本来的样子？那我们的义务教育还有存在的必要吗？连说出真相都需要勇气，大概真的如海德格尔所说，世界已临夜半，贫困已经成为精神之癌。因此我认为，一个真正的诗人就是要在这样的常识基础上去建构自己的价值系统，去确定自己的精神指向，在充满劳绩和价值废墟的人生现场如荷尔德林所说背负夜色且行且歌，虽然这个旅程可能一路被怼被骂，看上去毫无诗意。

那么今天的诗人还会是酒神神圣的祭司吗？在上帝和诸神退隐之后的夜半，谁会陪伴诗人行走大地？崔健说"没有新的语言，也没有新的方式，没有新的力量，能够表达新的感情"，如果没有新的语言和新的力量，新的感情和新的诗歌从哪里萌芽呢？而荷尔德林早就断言："大地上可有尺规 / 绝无"。

一道无解之题。

大地紧紧抓住我们，而奥林匹斯山如同偏离同步轨道的宇宙飞船向深空漂移，我们已经接收不到他们的信号了。

该不该放弃呼叫？该不该保持探寻和求索的精神向度？该不该像屈原那样把更多的问号挂在夜空上？人处夜半，晨光尚远，而诗人随时可能力竭而亡。但这不就是诗人的命运吗？黑塞有一首《冬日之诗》对此有很好的诠释："当寒冷来袭，天色灰暗 / 告诉自己 / 你将继续 / 前行，聆听 / 那不变的曲调，无论 / 你身处何地—— / 深陷黑暗之域 / 抑或在冰雪的幽谷 / 被皎月洁白的目光凝视 / 今夜，当寒冷来袭 / 告诉自己 / 唯有那曲调 / 是你心之所系 / 它在你跋涉时由你的骨头奏响。而你终将 / 躺倒在寒星的微焰之下 / 如果有一天，你感到 / 无法继续也不能回转，那么 / 你已至终点 / 在穿透你四肢的最后的寒流里 / 告诉自己／你爱你所成为的自己。"没人会欢欣鼓舞地爱这样的命运，但如果它是你的内置程序，除了爱也没有别的选择。何况在一切悬而未决的时候，彻底的绝望也是一种恶。法国思想家埃德加·莫兰为此给我们提供了一个能够很好地安置疑虑唤醒能量的精神指向，他说我们要"为善打赌"，这是对的，也是美的和善的，赌在此时代表了一种可贵的道德勇气，只有这样的赌能为善保留下未来可能的居所，让明天还在我们的想象中沐浴光明。也许这种伦理选择可以成为我们今天的大地上的尺规，保持希望，预订探寻诗意栖居的暗夜之旅，在对未来莫须有的期待上放下自己的筹码。然后一边走，一边听自己的骨头奏响的充满执念的心之曲调。

《情诗与备忘录》的另一个重心是缪斯的命运。诗人作为酒神的祭司，很多时候也需要接引者帮忙，她唤醒诗人的内驱力，让他欢欣地上路奉神，这就是缪斯。在历史上的男权社会，缪斯通常由女性担当，这大概是在传统语境中女性被赋予了圣洁、美丽、通灵和牺牲的角色特征。但是在新的现代和后现代语境中，女权主义者将这种角色设定视为绑架和意淫，于是，诗学传统中缪斯这一重要角色也发生了变异，而这种异动也对今天的诗歌创作和诗人的存在方式构成挑战。想想但丁的贝阿特丽丝，想想歌德的"永恒的女性引领我们上升"，想想陪伴十二月党人在西伯利亚的冰天雪地里殉难的妻子和爱人，失去了她们，诗歌还是完整和美丽的吗？还能保持那种由于爱而激发的持久热情吗？而且，从缪斯角色中匆匆逃逸的女性是自由并且快乐的吗？她们有没有在这个逃逸的过程中遗失了某些同样重要的东西？这些东西可不可能通过一种新的约定加以挽回，从而完成一种全新的缪斯角色的设定？《情诗与备忘录》设想了一种伙伴式的关系，诗人和缪斯解除绑架式的角色契约，并不存在一个绝对的引领和被引领的关系，谁也不是真理和美的天然持有者，谁也不必为了成就某种看上去很美的诗意组合而刻意牺牲个性生命，不是谁引领谁，而是相互陪伴，既争吵又激发，既给予也索取，这是一种新的契约，是建立在平等和自由基础上的诗意同盟，它肯定了一个重要的前提，即在诗意栖居的愿景之下，同行不但是可能的，而且是必须的，是更人道和更可能激发持久动能的。引领从单向的驱动改成了双向的互动，虽然可能没有一个清晰可见的上升路线以供读者观赏，但是在这个夜半时刻，所有弯路都是正途。

写下这些文字的时候，长春刚刚经历一个前所未有的暑热难当的盛夏。汗流浃背时人人都渴望享受清凉，但是清凉既有赖于季节轮转，也有赖于大气治理是否能真正取得实效。天行有常，而人类的存在既是肉身的化育，也是意义的集合。失去诗意和灵魂，人类的存在就是可疑的和不足道的。量子力学的最新发现也告诉我们，物理世界本身也并不乏味，量子纠缠谁说就一定不是我们期望中的有灵世界向我们发出的新的信息呢？所以，诗人们应该从中得到启示，并且感到一种元气平静而又真实地回到身体之中，这种元气并不来自维吉尔或者贝阿特丽丝，并不注定引导诗人百转千回地走向天堂，但是希望它有足够的热量，让我们在夜晚的寒冷中得以自持，足以敦促大家出发去某个山顶，看见星空陌生而辽阔地展开，倾听是否有某种声音忽远忽近渐渐清晰，如果是就去告诉大家。当然，这是一场赌局，可能赢也可能输，但却是一场勇敢的、好心肠的、了不起的赌局，也是值得记录和铭记的赌局。我写下这些诗句，是想记录下我们曾经有过的怕与爱、勇和信，记录下我们珍爱和不舍并为之付出最后一点热量的东西。是为备忘，以供赌局底牌揭晓的时候查证，无论胜负都能够证明我们是足以自爱和自傲的族群。

评　论

　　一次诗学的自我救赎，一次话
语的自我更迭和自觉嬗变，这也是
一场诗学经验的自我整饬。

灵魂的备忘与救赎

——读任白的长诗《情诗与备忘录》

张学昕

一

五年以前，我非常遗憾地错过了林建法兄为诗人任白组织的一场诗歌研讨会。那时，我还不认识诗人任白，但长久以来，任白事先寄来的那部诗集《耳语》，却令我念念不忘。《耳语》中收入了任白两首长诗和几组短诗，我从这些诗作里，已经强烈地感受到任白文字里那独特的、斑驳繁复、意象丛生的精神气度和诗歌美学。对任白诗歌的解读冲动，隐约地成为我近年来的一件心事。也许，一件事情或者愿望的达成，恰恰就是在等待一个机缘的到来。几个月以前，我读到了任白的这首刚刚写就的长诗《情诗与备忘录》。我知道，我读到了近年来少有的一部长诗杰作，我感到了从视觉、听觉、味觉、触觉到心理以及第六感的震撼。那些词语在我的灵魂深处裂变，延宕，渗透，展开，转化为感人至深的力量。

我感到从《耳语》到这首《情诗与备忘录》，任白静悄悄地完成了一次诗学的自我救赎，一次话语的自我更迭和自觉嬗变，这也是一场诗学经验的自我整饬。实质上，后者仍然顽强地延续着《耳语》的精神向度，继续承载着永不放弃的担当和使命。因此，我开始更加清晰地意识到任白诗学价值的稀缺性和崇高性。

一首长诗，如果从爱情开始并贯穿始终，就会自然地赋予一场诗学行旅以温度和力度，也才有可能打开一扇灵魂的窗口，才有可能实现一个诗人对世间万物的任何图景的感受和阐释，从而，才有可能解决一个时代或者一个时期内何谓诗歌的本质性问题。这些，也许是任何一位伟大诗人内在的诉求。无论是但丁、歌德、弥尔顿、普希金，还是艾略特和聂鲁达，莫不如此。因为，诗人对一个时代的感受力，对一个时代的判断和诗学命意，一定首先是从情感和精神层面切入的，唯如此，才可能让历史和现实的钟摆发生一场有效的调试。这里，我们首先应该小心翼翼揣摩的，则是任白对缪斯这个文化历史角色的关注。他将缪斯作为灵魂的载体，作为自己的"同行者"，在一个纷繁复杂、思想激变而又需要重新"启智"的时代，继续一场炼狱般的精神探险，从而完成了对缪斯的全新定义。任白是一位极其富有耐心的诗人，他能从现实"乱象丛生"的微观与宏观、具象与抽象中，质疑和叩问存在，寻找精神尊严和灵魂之光。任白的生命哲学，体现在他诗歌的字里行间。在他看似含蓄、优雅、婉转的诗学形态中，隐藏着他对现实、自身及其历史悖论虐恋般的心灵搏杀，同时，他又以最大的诚意尝试着疏导和调试。也就是说，任白在历史、现实、诗性和灵魂的悖谬中，不停地翻转和聚合，充满了对日常性荒谬和尘世之美的冒犯，显示出诗人充沛的情感张力和美学统摄能力。仅此一点，任白诗歌写作所显示出的精神格局，确实为当代所少见。

在这里，我们必须仔细地回顾一下诗人多年前写就的《耳语》。

在长诗《耳语》的题记中，任白写道："献给这个最好的和最坏的年代，献给希望的春天和绝望的冬天，献给芜杂的历史和清澈的渴望，献给歌声和祷词，献给沉睡和喘息的力量，献给最好和最难的爱。"诗人试图通过一对恋人的"耳语"来唤醒自己，寻找爱情得以绵延的力量，敲响荒谬时代的残损心魂的丧钟。耳语，在此时已经不仅是一种生存和言说的策略，而是在这对恋人在急遽变化的时空中，不停顿地反观自己，反观世界，反观人性及其困境，并力图进行重建和修复的姿态。尽管这个时候任白的诗，就率真而透明，但他在演绎一场如痴如醉的爱情的时候，时代和现实，以及整个世界的精神状况，一切扑面而来的时候，他选择在"他者"看来是一种模糊的、微弱的，甚至是独语的交流状态。从欲说还休到一泻千里，看似两个灵魂之间的纠缠和对视，勾勒出的则是一个大时代的印迹和图景。

救赎，始终是任白无法摆脱的诗学命意，而《耳语》让两个孤独的心灵，在一个现代的、驳杂的、寂寥的、物质和精神相互虐杀的荒原上四处寻找安居之所，却又无法穿越存在世界无数的有形和无形的羁绊。现代社会的物质病症充斥生活的每一个细部，社会肌理中的黑洞和暗物质、赤裸的欲望、古典的精神、历史的积淀都与现世的冲动，发生着经久不息的搏斗。生命，乃至每一根神经，都变得陌生化起来。即使是一场出生入死的爱情，也难以完成壮丽、纯洁的生命凯旋。爱情与生命一道"在一场漫长的旅行中弄丢了时空的刻度"，"看见自己虚度的岁月和垂死的时钟"，当生命本身出现了"犬儒附体，钙质分崩离析"的末世症候，"我们失去了上帝和内心的经纬，世界像一枚突然爆裂的坚果，黑色的籽种四处飞溅，荷尔德林、尼采、卡夫卡、萨特、加缪，这些哀伤的名字，带着我们一起逃亡"。时间弯曲了，历史也迅疾地坠入失忆状态，世界正裂变成"无数甜美的碎片"，天地之间新的闯入者，顷刻间就将悠远的沉积翻新成无法辨认的疯狂。可以说，《耳语》挑战了当代诗学的表意空间和哲学容积，其对存在的描述，彻底地颠覆着我们的神经和思维惯性。这是一个转型时代的"立此存照"，是"告别了还能否再见"的质疑和追问。我们也更惊异，任白在若干行诗文中，指涉出如此繁复的异质性意象，对当代世界的裂变和蜕变，构成一个讽喻，也构成了一种无边的放逐。

《耳语》还强烈地体现出任白的时间感和历史观。"进化"的概念、内涵和思想，在他的诗里正在发生着历史性的变迁。任白没有任何附会或顺应时代和事物本身所呈现的"性质"及趋势，而是在一个刺探人性的伦理历程中，实现思想、灵魂与历史现场的关涉，其中包藏着一种整体性的眼光和深入诠释的野心。他力图重新考量人的心智、灵魂和精神的级别和层次，究竟是降低了还是被贬损了？理想的人生和存在方式，到底应该怎样呈现？显然，任白没有沉溺在乌托邦式的自我陶醉中，但是对信仰的亲近与探索，冥冥之中却是挥之不去的人文情怀。所以，在荒原般的历史喧嚣中，自立、自存、自主，在诗人对古典精神的追问和缅怀中，一次次呈现为顽强的自律自省。"我们为什么怀念旧时代"，这样的追问，构成一个时代的悬疑。任白将这一切悬而未决的、关涉存在还是毁灭的问题，置于时代变迁和人性溶蚀的考量上。

这首诗澄澈透明，现实仿佛是穿越时间和空间的幻象，从词语中从容不迫地流泻出来，具有箴言的意味和求索的渴望。非诗意的现实，恰好与诗人的无奈与挣扎，在词语的倾泻中形成不可抑制的错位和张力。在这里，任白竭尽全力在揭示和拆解一个时代人们所面临的巨大困境，并且辨析出狂欢时的"垂死味道"。强烈的时间感，令诗人在与历史和现实的双重对峙中，保持记忆，反抗遗忘。

我记得，任白多年前曾写过一部中篇小说《失语》。讲的也是一个有关"沟通"的故事。这首长诗仿佛就是《失语》的姊妹篇。若联系到《耳语》，我们一下子就会体会到，隐匿在其中的戏剧结构和"小说企图"。《失语》的主人公所遭遇的，就是强烈的与世界和现实的沟通渴望，以及无法实现的存在困境。这显然是一篇充满了荒诞感的小说。小说的主人公所做的一切努力，都是对灵魂缺失世界或冷漠时代的反抗，是对现实世界所进行的修改。这部小说充满了智性的光泽，宗仁发曾用"眺望人类生活的灰色图景"来表述对它的感受和判断。我感到，"眺望"这个词，或者这个姿态，延续到了《耳语》的写作，从小说《失语》到长诗《耳语》，从一定程度上讲，是一次诗学意义的跨越。诗中的意象，早已经在《失语》的叙述话语中准备了舞台，这个巨大的时代的意象，次第而重叠地上演，实现了小说叙述所无法完成的广阔和纵深。

二

现在，这首《情诗与备忘录》，看上去既像《耳语》的又一种延续，也仿佛是一次精神的回归，更像是一场新的洗礼。其实，"情诗"本身只是一个引子而已，它用爱情提供了一个生命的理由，由此开始一场寻找灵魂复归的漫漫行旅。不同的是，《耳语》中的抒情主人公，一个主体生命对存在世界的深入和审视的焦虑，在这首《情诗与备忘录》中，转而形成了一种磅礴的天问。

一切，都发生在缪斯走失之后。

又是四月，被那些日历咬伤的四月

一个错失的吻遗落在旧沙发上

但它旋即复活，只经历了一个眼神的轮回

像四月里连翘莽撞的芽尖

一下子把我们吓个半死

一切，都是开始于四月，为什么又是四月？我们立刻会想到艾略特《荒原》的开篇："四月是最残忍的一个月，荒地上长着丁香，把回忆和欲望掺合在一起，又让春雨催促那些迟钝的根芽。"这显然不是一次意外的巧合，而是对特定历史场景的重新踏查，与此同时，一场搅动灵魂的对话也就此展开：

你的美丽带着一种闯入者的寒意

质问无所适从的岁月

质问翳障蒙蒙的清晨

质问所有沦陷的感官和腺体

质问脂肪安睡的湿地

虽然，爱情曾在历史上伴随着引领和超越，但在现实语境中惶惑撕咬着惶惑，灵与肉无法同时安睡。"美丽的缪斯，山鬼和贝阿特丽丝，隔着敌意重重的编年史，谁来命名"，如果联想到奥林匹亚山上的众神，历史和时间就成为一种虚拟的坐标，此刻，"编年史"所代表的记忆，都是需要猜测和破解的甲骨文，一切都衍生成了隐喻和寓言。面对敌意重重、众生喧哗的历史，个人的记忆显得暧昧丛生。那么，谁来戳穿这些有关生命、宇宙的谎言？这里不仅需要道德的承诺，更需要历史和科学的辩证。霍金的《果壳中的宇宙》在考量时间的时候，强调了爱因斯坦阐释的时间的独特品质：尽管所有钟表测量的称为时间的，是一个普适的量，相反地，每个人都有他或她自己的个人的时间。如果两个人处于相对静止状态，则他们的时间就一致，但他们相互运动时就不一致。爱情的存在，其实就是人与人在一种运动状态中的事实。于是，在这样的科学假定和推测中，追问人或事物的来源及其可能性，就变成了一种不可或缺的存在。

你永远是陌生的

永远超越我对岁月和生命的了解

你是从哪里来的

大爆炸，夜空里到处是燃烧的眼睛

"大爆炸"和"我们"之间的"陌生化"，仿佛是在深入地质疑世界的来路和渊薮。这时候，诗人已经将人类的终极之惑指称为永远的备忘。诗人的恐惧能生成什么？他只能用欲望和思辨，来彻底地覆盖它。《情诗》中爱情、自由、生死、灵魂，在这里更被"燃烧的眼睛"所审视和探问，显然，这是关于爱情的深度钩玄。那么，爱情是相互的"引渡"和"掠夺"吗？

当你纵容我的时候

你的美丽总是越来越多

越来越像我的产床和墓园

就这样好多年过去了

有时候我们躲在一间小房子里听雨

感觉世界上所有海水都被汲到天上

就像我被你汲到了天上

所以下雨的时候我总是心碎

感觉坠落是不可抗拒的

感觉这么磅礴的死亡是甜美的

可是后来我们变得越来越郑重了

仿佛穷苦的爱情突然凝成一枚珍珠

产床和墓园的形象出现的时候，抒情主人公表达的更像是一种酣畅淋漓的分享和告慰。它赋予那些看上去异常简单的事物以荡气回肠的、感人至深的力量。产床和墓园成了诗人可以建筑的灵魂居所，是爱的原初动力。生与死，这两个物象之间，靠着爱情的圆舞生动地完成了一个生命的过程，就如同海水被汲到天上，又转换为雨降落在地上。无疑，这本身就是爱情作为灵肉交合的神圣之旅的自我扩张。

生与死，始终是任白处理人与存在关系的节点或参照系。两者之间的间性，或擦肩而过，或背道而驰，它们拉扯，冲撞，相互压迫，呈现出生命的多重维度。

在血快流干的时候

看见历史的天空

乱云飞渡

斗转星移

我想要一次那样的死亡

把血交给老橡树

交给不知多久后元气复萌的春天

这究竟是谁的历史？怎样的天空？宇宙的秩序、世界的图式、爱情、冲动和欲望，在人性与神性之间，或者，在人与神的互动之中，激情四溢地奔突。《情诗》从爱情出发，主要叩问的还是人的终极问题："你永远是陌生的，永远超越我对岁月和生命的了解，你是从哪里来的"，追问人在历史的天空，在充满神启的相遇中，也在死亡的暗影中，寻找存在理由和精神出路。"走失的缪斯"是任白对当代精神困境另辟的一条解读路径，与其说抒情主人公是在寻找一个走失的恋人，毋宁说是想在寻找的过程中建立理想和美好的诗意联盟，重构缪斯——美的、善的、诗学的精神空间，然而，这又是一个被时间所错置的时空，因此，这首长诗一开始就让抒情主人公陷入一个对于恒久命题的追问之中。

至此，这首饱含诗人灵魂自省和诘问的"情诗"，作为一个长诗的"引子"，使得后面二十章《备忘录》覆盖、弥漫着浓郁的神话叙述的光泽，继而开始在爱情的伊甸园里，引申出有关生命和世界的浩大主题。精神上的恋人和引领者，在诗学的地平线上，进行全景式、多重性的探索和建构。

诗中的"情诗词典"是个别致的文本设计，也可以视为是诗人在一个"非史诗时代"对于史诗写作的一次探索和尝试。这是一种有意也有益的导向，是一次次具体的诗歌思维的不断延展，最终在这个复调的文本里，建立一种隐喻的现实。仔细想想，也许只有强大的诗学技术和逻辑，创造出新的感受力，才有可能实现对存在世界和精神的阐释和抽象，人作为生命和意义的代名词，成为历史和现实的真正主体。

现代诗学最大的梦想，或许更接近于本雅明的哲学维度：语言大于思想。问题是，究竟是语言穿透了思想，还是思想正在等待语言的惠顾？尤其是，当语言逼近生命本体哲学、宗教哲学的边界时，语言的质地，必然因为思想的张力而延宕。而诗歌有关救赎的主题，从爱情和精神炼狱开启的过程，最后也变成了一个无法摆脱的自我追问——"诗人何为？"而任白的诗学追求，始终围绕着"诗人何为"进行对于价值的不停追问。特别是，他更愿意将生命个体的尊严，置放于一个时代、社会乃至更大的时空范畴，这里存在着一个巨大的精神引力场，它始终在驱动、鼓荡着生命，将情感鼓动为激情的旋风。这种引力究竟是什么？我想，那应该是诗人良知和诗学本能的双重驱动，预设了诗人精神引力的方向。并且由于对生命和社会历史的全面关注而充满了问题意识，诗人写作深处的问题意识，本身就带有一种天问的性质，这往往是没有答案的，答案也许就是问题本身。我知道，任白就是想说出一个时代生活的隐秘，在诗歌表达的隐秘性和开放性中，说出一个时代的复杂性，探测到这个时代精神及其病症的起源。而现在，我感觉在这首冠以"情诗"的文本里，重新地拓展了现实和历史的边界，甚至在很大程度上，超越了时代、民族和自然的边界，直逼生命、生存、精神、物质、灵魂、道德等等诸多维度，尽显其超越性的追求。而这正是我们时代所缺乏的诗学精神。

三

《情诗与备忘录》具有浓郁、深厚的史诗品质和气魄。"史诗"这个词语，也许永远都不会有一个标准定义，或者正因为界定的困难，使它成为一个向外、向上、向内同时扩展的概念。它已然不再是一个文体意义上的指称，它更加偏重个人与大时代及其关系的多重性，是对世界一次充满自信的全景式呈现和扫描，是对仅仅沉醉于个人性，或社会生活具体事件凸显的本质性超越。这里，一种源于学养和野心的自信是重要前提，因为史诗必然体现诗人对一个民族、国家及其历史的宏观判断，而这种判断源于诗人对民族精神及其个人心理、灵魂状态的考量和统摄。就是说，史诗在对当代生活进行全方位、全景式表达的时候，更聚焦时代生活的总体特征、精神逻辑、心理秩序、人文品质、灵魂指向。这里面，既有生命之爱，也有宇宙之思。对一首长诗而言，一切都可能是矛盾性的、悖论性的，但必定是生长性和多元性的。因为，只有在空间和时间的开放性和多维性方面，建构史诗叙述和抒情的深度模式才成为最大的可能。还有，生命，即使像人类这样的智慧生命，在自然和社会中的存在形态也永远是不确定的。智慧生命如何得以发展，得以存在及其理由，就必须经由诗人对俗世经验进行"超度"，阐释出诗意和神话的异质性，寻找精神和灵魂的秘境。

无疑，《情诗与备忘录》就是一次浩大的精神—灵魂之旅，然而在结构上，在抒情主人公的时间线索上却只有一天——"关于游荡和难以名状的一天"。一天的时间结构，意味着浓缩的物理时间，必将在文本空间里释放出精神性层面更大的张力和弹性，也意味着共时性对历时性叙述的彻底取代。重新编织时间，这本身也是诗人出于重置现实情境的考虑，个人或者他者、现实与非现实、诗与非诗，在写作中的相互转换，使表现更具有自由度，诗歌的隐秘性、开放性及其寓于诗歌品质的不确定性，都是在消除了时间的"黏性"和"冗长"之后，超越了对主人公具体存在状况的依赖。在这里，时间成为一个谜，整首长诗仿佛就是要将时间之谜揭开，人或是属于肉体和精神的真实的时间，或是属于文本的虚拟的时间，或者，就是关于时间的时间，关于时间的某种想象。在时间中寻找精神的平衡，这样的时间才可能构成文本的深度时间。

在清楚地体悟到任白诗歌结构的表达策略之后，我们就明白"备忘"并不仅仅是"情诗"的延伸，而是长诗的真正主体，是抒情主人公精神和灵魂漫游的真正开始。但是，一上手就借用"早餐的故事"鲜明地表达对生命终极问题的索解，实在是出人意料。

> 在这样一个混沌未开的早晨
>
> 见到你
>
> 不得不开始早场的爱情
>
> 开始一场虚弱的燃烧
>
> 羞辱和涂改
>
> 早年的爱火
>
> 是啊是啊
>
> 我该好好睡一觉
>
> 像树木在地下变身煤炭之前
>
> 像蛋白质在玫瑰越冬的根系之间那样

这个早晨是孤独的，床的另一边就像死亡的另一面。而"悍然的阳光席卷了我，白磷般的芒刺发出轰鸣，灰蒙蒙的翳障低声诅咒"，却是外部世界灾难性的压迫和侵占。身体是精神或心灵的他者，而床、早餐、淋浴，这些与肉身百般纠缠的他者，同时成为诗人的蜜糖与毒药，这对于一个极力想与物质性保持一定距离的人，就更加需要精神和心理的支持。"早场的爱情"何以会沦为"一场虚弱的燃烧"？是什么缺席了这个汇集了毁灭和新生的相遇？从最宽泛的意义上说，主导诗人对身体和灵魂进行建构和书写的，是一系列欲望，但其中一种欲望是不让身体迷失于意义。在性爱欲望、认知欲望和精神冲动之间，蛋白质和死亡被结成一对诗学的怨偶。

我们如何与死亡携手同行？还有，死亡会死亡吗？这样的追问，暗示出思想的原初结构和认知方向。在这里，生命的沧桑感、荒谬、欲望、死亡、吊诡的人生，已然很难简单地归结为伦理的探究和定位，死亡不过是一个休止符，更大的期待在于能否破译死亡之于生命的内在玄机。所以，我们在后面的词语中，对于灵与肉的分裂的呈现，就不会再感到惊悚。果然，"充满疑虑的上午"来到的时候，行走的方式，被演绎成一种"游荡"和"苍老的寻找"。是什么原因，让爱人（缪斯）在"一个微雨的下午出门"，从此杳无音讯，让爱情发生断裂、猝死，而一切都是"悄无声息"？寻找就是一次追忆和省察，爱情在追忆中逐渐展开自己的面容。渐渐地，我们就会发现，主人公的寻找，不仅是爱的寻找，更是对"引领者"的期待和渴望。他从日常生活中隐含的危机，呈现肉体和灵魂、神圣和庸常等等诸多对峙而纠缠的关系。男女主人公，一个在现实里徘徊、游弋、焦灼、挣扎和寻求自我救赎，另一个始终在梦中、在猜想中、在被渴望中逡巡，在被错置的角色中逃离。看上去是一次漫长的独语，却是没有交流的交流，一切都在充满悬念中等待命运揭晓。他们难以自控地陷入爱情燃烧的余烬。只是不清楚爱情的死亡，爱人（缪斯）的出走，究竟是一桩背叛个案，还是相互的认同危机？

"邀请谁来你的胃里重新做人"真是一个大胆而诡谲的想象。为了呈现生活本身的某种状态，用一场午餐的情境揭示一个时代的心理症候群，并进而道破了"食物的荣耀统一意识形态"中所隐藏的人性暗疾。而《神圣的日常生活如何成为可能？》把问题拉回到诗学本体，如何在诸神退隐的大背景下，实现诗学对日常生活的改造和点化，这可能是当代诗人都必须面对的一个未解之谜，它借着任白的追问浮出灵魂的地表。于是，诗人对宇宙、世界、现实、生活，同时生发出屈原式的天问，个人性的恐惧已经完全让位于一种人性、人类情感的根性。可贵的是，在情绪的激烈的跳动中，他始终保持高度的生命意识，将我们带入一种充满能量的行走之中。

在这混沌宇宙奇点暗生的边界

跟随此界的遗忘

跟随心满意足的文字

从一场嘉年华里走回家去

用一杯啤酒洗尘

兴奋而又疲惫地躺在松软的被子里

沉沉睡去

诗人让抒情主人公间歇地回到个人的空间里做短暂的休憩和调整，以缓解灵魂的疲惫和心理的重压。但很快就让他重新踏上追忆的道路，寻找或救赎的旅程。从个人性的视域进入《在公园遭遇一座遗迹》《一间灵堂》《在酒吧里目击一个伟大的模拟者死去》和《居所》几章，几乎构成建于当代现实生活中一个庞大的象征群落。"公园睡着了"，这个意味深长的隐喻表明了某种人类社会赖以维系的公共生活的溃散，而这种溃散则是思想溃散的必然结果，它直接导致了历史的空转，导致历史坠入"不孕的年代"，并且即便"榨干多少爱情"也无济于事。而"旧书店就是一间灵堂"或许代表着大溃散的一个前奏，因为"读者们都迁居了"，"灵堂和衰竭的思想，被一个新的地质纪年推向远方"，"思想在源代码中被驱逐了"，"崭新的权势，陈旧的阴谋，席卷辽阔的国土"。

如果说，浮士德需要魔鬼相当于他需要上帝，这种需要，一定具有任何价值判断都难以厘定其合理性或悖谬的品质。在人世间走了一遭，也在情感和精神的炼狱里走了一遭。在生之欲望和死之静穆之间，在游弋、徘徊、尖叫、撕裂和寻找、期待、哀伤、死亡之间，抒情主人公猜想爱的新生，回溯精神死亡，一意孤行地在记忆的道路上独行。生存、信仰、眷恋和表达困境的至深体验联系在一起，强烈的存在意识，在词语的流速中常常一瞬间就刷新了虚无的屏幕，带入缄默和思考的力量，试图为灵魂找到一个栖所。真正的诗人，一定能"倾听和拼接被肢解的史诗"。毫无疑问，这是一种道德承诺，一种诗性张扬，其中，有着对困境的超越，是一次灵魂的净化，也是对生命的款待。

四

欧阳江河在 20 世纪 90 年代初，就谈论过诗歌写作的"本土气质、中年特征和知识分子身份"，他认为，中年写作"这一重要转变所涉及的并非年龄问题，而是人生、命运、工作性质这类问题。它还涉及写作时的心情。中年写作与罗兰·巴特所说的写作的秋天状态极其相似：写作者的心情在累累果实与迟暮秋风之间、在已逝之物与将逝之物之间、在深信和质疑之间、在关于责任的关系神话和关于自由的个人神话之间、在词与物的广泛联系和精微考究的幽独行文之间转换不已""就有可能做到以回忆录的目光来看待现存事物，使写作和生活带有令人着迷的梦幻性质"。①王家新在《持续的到达》这首诗里，直接宣称："传记的正确做法是，以死亡开始，直到我们能渐渐看清一个人的童年。"后者，强调的是中年写作中的时间观，以及中年诗人对于时间维度的极度敏感，与青春写作的定义"只有一次，不再回来"不同。的确，中年所拥有的是另一种性质的时间，它可以持续到来，也可以一再重复。在诗的文本里，词语完全可以用一年或更长的时间去重复一天，用复数去重复单数，用各种人称去重复无人称。"就好像把已经放过的录像带倒过来从头再放。"《情诗与备忘录》在很大程度上，十分接近欧阳江河和王家新所描述的"中年写作"状态，剥离掉青春的艰涩，建立起更有纵深感的时间观，让激情更为真切，使得否定的力量衍生成对时间中存在感的质疑。尤其是，新的中年时间观，对于文本结构的设置及其抒情的逻辑起点，体现出这一代诗人从自身的时间感，从自我对历史和现实的经验出发，努力来重新把握当下即"现在"，重置诗歌语境的开阔性和寓言意义，进而创造出新的语义价值。这些新的语义，都是诗人在对现实的体验和勘察之后，以词语和隐喻为中介，与宇宙对话，与存在对话，与自己的灵魂对话。这种极其富于精神"定力"和当代情怀的诗歌写作伦理，令我们感觉到诗人清醒的美学立场和价值取向。长期以来，任白深感写作在当代的处境，忧虑作家、诗人的抒写极可能成为自身忧伤的独语，他不断地诘问和反思"为什么写作"的问题，也就是在我们这个时代"诗人何为？"任白坚信："写作一直是个寻找答案的过程"，作家"对迷途的确认是自觉人生的开始"，"作家的使命之一就是找到这种规定性，并且梳理它的逻辑，发现其中美和善良动机，在它们奔赴前路时给予可贵的声援"。在《诗人之死》《关于诗学的一些断想》《敌人》《一场时断时续的旅行》等章节中，任白的诗学观已经尽显无遗。而且，诗中所呈现的苍凉命运，还引发出对一切生命个体尊严的思考。《诗人之死》令人惊悚的叙事，牵引出更多的终极之问：诗人为什么选择死亡？这样的死亡是真的吗？真的就是现实的吗？现实的就是真的吗？这首诗似乎始终在回响着拉康的名言："现实既不是真的也不是假的，而是词语的。"是表达赋予了现实以诗学意义上的生命。词语世界和物质世界，写作与生存、爱情和诗的内在关联，都获得了真实的重量。

> 他们只是诧异
>
> 更多的中国诗人早就夭折了
>
> 他们死于佯狂
>
> 死于语言可怜而又古怪的舞蹈
>
> 死于酒宴上油腻不堪的国土
>
> 死于杯盏间迷乱不已的网络
>
> 是的，我坚持认为
>
> 如果死因是假的
>
> 那死亡一定也是假的
>
> 汉语是假死者的乐园

悲情和苍凉的爱之旅程，实际上是一场试图复活整个时代感官和灵魂的美学之役。那么，究竟是"油腻不堪的国土"掩埋了诗歌，还是诗歌作为"假死者"自己安葬了自己？"假死者"是任白为这首长诗郑重挑选的一个特别词语，而这一章所附录的"情诗词典",也试图指控"假死者"身后隐匿的一个更为庞大的被世人指称为诗人的群体:濒死者、梦游者、占卜者、淘金者、牧师、入殓师、遗嘱执行人、立法者、歌手、幽闭症患者、爱人、乞怜者、酒鬼、疯子、囚徒、战士、旗手、隐士、看林人、信使、耳语者、流浪汉、守墓人、助产士、蛮勇的父亲、无声的母亲、一把老吉他、年轻的小号、夜晚的花瓣、溺水的星星、一颗因恐慌而奔跑的精子……这些芜杂的角色和人格堆叠在一起,本身就意味着诗人所处的复杂语境和历史牵绊。

在《关于诗学的一些断想》中,诗人反复吟咏、强调诗学的尊严和"神的尺规",以期在诗歌史里重建"桃花源",但"谁是酒神神圣的祭司"呢?的确,诗学需要对更广阔的空间和更漫长的时间保持热爱和忠实,诗歌的翅膀更需要虔诚和忍耐的加持。

> 是的,我们的诗学岚影重重
>
> 莽莽山川遮蔽宇宙
>
> 伤春悲秋雕刻时光
>
> 是的,我们辞章绚烂诗境华美
>
> 但三闾大夫浩荡的追问
>
> 一出门就摔倒了
>
> 我们的诗情在土地上安家
>
> 在酒杯中做巢
>
> 但真正的饮者是谁

《敌人》这一章,诗人的忧虑表达出对宇宙人生的深邃思考。面对网络世界的世纪迷局,面对"语言系统被摧毁,整个组织被重新编辑",诗人力图重新梳理、辨析对于诗和生活、存在之间关系的理解，竭力让诗的立场与生存的立场不至于脱节，使其保持至关重要的精神平衡。

在阅读这首长诗的时候，我曾经满怀疑问，诗中抒情主人公倾诉的对象主体，她所负荷的意义到底是什么？她有原型吗？因为，抒情主人公个人命运的沉浮、浩荡的酒神气质，以及问天的激烈情怀，呈现出的精神、心理和情感上的深不可测，都源自她的激发。我现在清楚了，这是一个历史、现实和渴望的结晶体，是诗人对神圣人格和人类困境的捕捉，也是灵魂的自我重塑。而且，抒情主人公，或是诗人，最大的愿景就是和那些美好的自由的灵魂丰盈的女性一起"结伴出行"。

> 而你呢亲爱的
>
> 萨福、海伦和克莱奥佩特拉
>
> 还有可怜的贝阿特丽丝
>
> 更愿意和哪一个谈谈
>
> 也许还有德·波伏娃、汉娜·阿伦特
>
> 和琼·贝兹
>
> 哪一个更适合做午夜谈伴
>
> 或者在街市的诱惑中
>
> 在歧路的鼓舞下
>
> 结伴出行

可见，一切都是在拒绝了虚幻的拯救之后，诗人与抒情主人公，在精神的自觉和信仰的向度上，共同制造了耐人寻味也令人沉湎的语境。"结伴出行"是诗人提出的诗学同时也是社会学意义上的美好愿景，而在缪斯"去意彷徨"的时候，这种期盼又转化为无边的等待，并且祈愿"一道新的命令"猝然降临，宣示"神圣的世俗生活"的到来。这"潜伏在心底和时间深处的一道暗语"，将诗人和抒情主人公一起引入了漫长而又安静的等待。可贵的是，任白表现出一个诗人的精神自觉，他审慎地对待诗与存在世界的关系，体现着一种坚韧的抵制窒息的力量。

任白诗歌保持着强大的伦理气势，他在对诗歌对象的思辨化的过程中，表现出极为出色的美学处理和做出抒情反应的能力，置身于记忆、词语和想象的原野，张扬着生命的激情和活力。尤其是，他从俗世中的极端或日常生活事件向诗学、美学和哲学的层面过渡、递进的时候，呈现出一种不屈的意志和浪漫的情愫。他赋予那些看上去异常简单、波澜不惊的事物以感人至深、荡气回肠的、美好的灵魂力量，使人获得巨大的精神鼓舞。

长诗出人意料而稳健的语言格局，生长出结构性的放达和从容自信。它的语言可谓"直见性命"，令人惊异的想象和诗意，朴素而率性，抒情的、史诗的修辞策略舒展出浪漫主义的元素。这首长诗，之所以令我无限兴奋和赞赏，还在于任白对一位诗人语言使命感的高度自觉，以及他极好的语感和精湛功力，平实与优雅同生，抒情和叙事共舞，词语富有质感和张力，物象在词语里转换，生长出神奇的力量。可以说，任白对诗歌本体精神的期待和渴望，裹挟在对世界和人性的审美判断和存在的追问之中，丈量人心的尺度和温度，揭示形而上的焦虑，勇于破译时代的真相，可谓不屈不挠，不折不扣。在写作这首长诗的同时，他细致地梳理着多极的、喧嚣的诗歌现场的烟尘，张扬着健朗深刻的文学品格，甄别真实和矫情，以自己的文本显示精神和良知，坦陈诗歌在这个时代的衰落与平庸、挣扎和崛起，担当起救赎的责任。任白在写作这首诗歌的时候，一定处于一种诗人的"迷狂"或者极度执拗的峰值状态。无疑，一个天才作家或一部天才作品，与生命一定存在某种神秘的不可抗拒的、宿命般的奇妙关系。那么，又是一种什么力量，在冥冥之中牵引、激活了诗人的灵感，创造出这样一首优秀的长诗？我感觉，其中有虔诚、良知、自信，还有智慧的力量，不被主流绑架，不为习见裹挟。这使其摆脱了现实积压的深刻的无力感，保持了希望的尊严。

任白的诗歌观念，就其主要倾向还是汲取现代主义的精髓，兼具浓郁的浪漫主义情怀，而且，他深受东西方古典文学的熏染，并有着雄厚的文化、理论和存在经验积累。数十年来，他在小说、诗歌、随笔的写作中，培植了文本双向延伸的冥想气质，以诗歌精神审视外部世界的阔达与繁杂，又能洞悉和收纳个人精神的内在表情，并以礼花般猝然绽放的语言能量加以呈现，由此可见一个杰出诗人最宝贵的素质。几十年来，他低调生活，潜心创作，坚守自己的诗学理想，得以进入用诗意统摄和改造日常生活的状态，所以，他能够成功地创造出宏大而美妙的诗学空间，丝毫也不令人惊异。

【注释】

① 欧阳江河：《站在虚构这边》，生活读书新知 三联书店，2001 年 7 月，56—57 页。